SHANGHAI LITERATURE & ART PUBLISHING GROUP

故事会
精品系列

情感故事

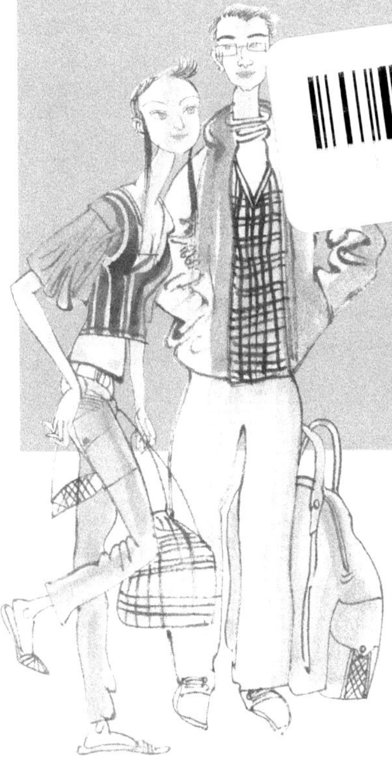

上海锦绣文章出版社
上海故事会文化传媒有限公司

上海文艺出版（集团）有限公司

图书在版编目（CIP）数据

情感故事 《故事会》编辑部编 – 上海：上海锦绣文章出版社
（故事会精品系列） ISBN 978-7-80685-748-9

Ⅰ．①情…Ⅱ．①故…Ⅲ．①故事 作品集 中国 当代 Ⅳ．I247.8

中国版本图书馆 CIP 数据核字 (2007) 第 060657 号

丛 书 名：故事会精品系列

书 名：情感故事

主 编：何承伟

编 委：何承伟 吴 伦 姚自豪 夏一鸣

责任编辑：刘迎曦 鲍 放

装帧设计：王 伟

责任督印：张 凯

出 版： 上海锦绣文章出版社

上海故事会文化传媒有限公司

POD 海外发行： 中国图书进出口上海公司

电话：021-36357888

传真：021-36357896

地址：上海市虹口区广中路 88 号

邮编：200083

目　　录

编者的话

　　《故事会》杂志是上海文艺出版总社旗下一本以发表故事为主的通俗文学刊物，其发行量在中国乃至世界文化综合类期刊中一直名列前茅。

　　改革开放以来，她始终与时俱进，不断开拓创新，以积极健康的思想内容，清新明快的节奏，生动活泼的风格，亦庄亦谐的美感，赢得了海内外数千万读者的喜爱。

　　无数事实、经验和理性已经证明：好故事可以影响人的一生。而以我们之见，所谓好故事，在内容上讲述的应是做人与处世的道理，在形式上也应听得进、记得住、讲得出、传得开，而且不会因时代的变迁而失去她的本质特征和艺术光彩。

　　为了让更多的读者走进好故事，阅读好故事，欣赏好故事，珍藏好故事，传播好故事，我们特编选了一套"故事会精品系列"以飨之。其选择标准主要有以下三点：

　　一、在《故事会》杂志上发表的作品。

　　二、有过目不忘的艺术感染力。

　　三、有恒久的趣味，对今天的读者仍有启迪作用。

　　愿好故事伴随你的一生！

故事会编辑部

深 深 大 爱 情

　　世界上最伟大的人既不是所谓有名之士，也不是依恃金钱、地位、权势而为所欲为的人，而必须是放弃一切利己心，真心献身为群众服务的人。

编外"110"

　　晚上十一点多钟,看完夜场电影的青年工人高强走出电影院,兴冲冲地朝牌友家走去。刚拐进一条小街,只见一个年轻女人骑着自行车从远处冲了过来,不知是速度太快还是车技欠佳,离高强还有十来米时,这女人突然"啊"地尖叫一声,龙头猛地一歪,车身扭了两下,"叭"地一声连人带车摔倒在地上。

　　高强一个箭步冲上前去,小心翼翼地将年轻女人扶了起来,问:"伤着哪儿了吗?"年轻女人不好意思地摇了摇头。高强又问:"看你骑得好好的,怎么一下就摔倒了?"女人脸一红,说:"我学会骑车才几天,刚才突然看到前面有人,心里一慌,手脚就不听使唤了。"

　　高强替她把车子扶起来,将摔歪了的龙头扳正,说:"往后骑车可要慢点。"年轻女人感激地接过车,不料刚一挪步,却"哎哟"一声,手一松,自行车又"叭"地一声摔在地上,只见她双手护着右腿膝盖,一动也不敢动了。

高强一看这架势,知道她刚才摔得并不轻,很可能伤着骨头了。他正想说送她去医院,可话到嘴边又咽了回去。为啥?因为他和牌友们早有君子协定:只要约好了时间打牌,谁迟到谁就得掏腰包请大家上馆子撮一顿。

总不能为了送一个陌生女人上医院,而让十来天的工资打水漂啊!可见难不救,把人家丢下不管,高强又有点于心不忍,一时还真把他给难住了。

正在进退两难之际,高强的目光落在了路旁竖着的一块宣传牌上,只见上面写着:群众有困难,请拨110。他心里豁然一亮,主意就来了。他对那年轻女人说:"唉,真不凑巧,我还有点急事要办,就不能送你上医院了。这样吧,我替你拨110。"

那女人听说要拨110,一下慌了,连连摆手:"别拨,别拨……"

"为啥?"

"不要给人家添麻烦了。"

"添啥麻烦?国家养着他们,除了破案,不就是管这些麻烦事的吗?再说,我还真想试一试,看看这110是不是真像报纸、电视上说的那样,一拨就灵呢!"说完,高强拔腿就要往不远处的公共电话亭走。

年轻女人更加慌了,一把将高强死死拽住:"别、别拨,过一会儿我自己就能走的,真的,求求你了……"

一听这话,高强起疑心了:这女人怪啊,照理说,在这种时候,110就是救星,可她怎么一听要拨110,就像会要了她的命似的。莫非她心里有鬼,不是正经人?高强就着暗淡的灯光认真打量了她一眼,这女人容貌端庄,穿着朴实,打哪儿瞧都不像是坏人。高强不是那种头脑简单的马大哈,他知道现在社会上很复杂,有些犯罪分子很会伪装,不管怎样,得先探听一下虚实。

从外表上来看,这女人约摸二十八九岁,如果是个守法者,应该有个健全的家庭。高强脑子一转,问:"你家有电话吗?"

"有啊。"

"我替你拨个电话,叫你丈夫来接你。"

"哎呀,我家没人。"

"晚上家里怎么会没人呢?"

"孩子他爸上夜班。"

"孩子呢?"

"孩子上姥姥家去了。"

高强对她的话半信半疑。正琢磨怎么办,那女人突然惊叫一声:"糟糕,我的东西掉了。"说着,她瞪大眼睛在地上搜寻起来。不到半分钟,她又惊呼一声:"啊,找着了!"话音未落,她连滚带爬地挪了几步,从地上捡起一只绛红色的小纸盒。高强正想看清楚是什么东西,年轻女人却如获珍宝似的把纸盒塞进了内衣口袋。

高强只好问她:"啥东西,看你跟捧着个宝贝似的。"年轻女人脸一红:"是刚刚给我丈夫买的药。"这话又让高强添了几分疑心:既然丈夫还可以上夜班,哪用得着深更半夜去买药?这不明摆着是在编瞎话吗? 看来这是一只贵重的首饰盒,很可能是这女人刚从哪儿偷来的。怪不得她刚才好似饿狼扑食,连腿伤都不顾了。

想到这里,一股凛然正气从高强胸中升起:今天就是花再大代价,也不能放走她。他心生一计:何不先将年轻女人送到医院,稳住她,然后再见机行事? 于是他说:"既然你不愿拨打110,家里又没人接电话,干脆还是我送你上医院吧。"

"不,不要,不能误了你自己的急事。"

高强豪爽地把胸脯一拍:"嗨,救死扶伤嘛,啥急事都可以先放下,你别再推辞了,今天就算我当一回编外110吧!"说着,他不由分说地将年轻女人的车子"喀嚓"一锁,移到路旁,将她扶到自己的车后座上,说声"小心坐稳啦",蹬起车子就走。年轻女人不知是计,坐在车上,感激的话说了一笸筐。

高强将年轻女人送到市中心的一家医院时,大夫们都在急救室抢救一位在车祸中受伤的危重伤员,他只得将年轻女人先安顿在候诊室里,然后找了个借口出来,准备到医院值班室去打电话,向110报告这个情况。他刚走到走廊上,便碰到了几个年轻警察,说来也巧,高强一问,他们正是市110中队的,出车祸的伤员就是他们送来的。警察们听高强说有情况反映,连忙到急救室把一个中年警察——他们的张队长喊了出来。张队长听高强说完,两道剑眉一挑,朝同伴们一挥手:"走,看看去。"

高强领着警察们走进候诊室,年轻女人正背着门口,低着头在抚摸受伤的腿。张队长走到她背后,故意咳嗽一声。年轻女人闻声抬头,突然,她和张队长同时惊叫起来:"是你?"而且那女人的眼泪"哗"地一下涌了出来。这场面把高强给弄糊涂了:这是唱的哪出戏呀?张队长连忙向他介绍:"这是我爱人。""啊!那怎么……"张队长移目光转向妻子:"是啊,你跌成这个样子,为啥还不让拨110呢?"

张队长的妻子,也就是那个年轻女人,抹了抹眼泪,莞尔一笑:"我不想给你们添忙。你们一共三十多个人,却管着方圆五十多公里、三十多万人的事,别人可能不知道你们有多忙,我还不知道吗?我实在不忍心,真的……"她这一席话,把旁边几个年轻警察的眼圈都说红了。

张队长的内心,也被妻子的这番话深深地感动着,他心疼地嗔怪道:"都深更半夜了,你还出去干啥呀?"

"我一个同学刚从国外回来,买了几盒治胃病的特效药,我向她要了一盒,想先让你试试。白天我没空,只好晚上去取。瞧你胃疼起来那个遭罪样,再不赶紧治,往后怎么办?"说着,妻子掏出那只绛红色的纸盒,递给丈夫:"你赶紧服一粒,哦。"

张队长接过纸盒,一个劲地说:"你呀,你呀……"他憋得腮帮上的肌肉一跳一跳的,硬是没让眼泪流出来。

高强这才恍然大悟,想起最初要替张队长的妻子拨110的动机,脸上不由一阵发烫……从医院出来,高强深深地吸了一口新鲜空气。他突然记起了与牌友们的君子协定,但马上又无声地笑了:就为今天当了一回编外110,明天请牌友们撮一顿,值!

(龙江河)

(题图:箭　中)

走向天堂

　　古道村的刘远山,这天一大早就进城了:他要去卖肾。远山步行了四十里山路,在县城坐上火车,日夜兼程奔向省城。一下火车,他便匆匆赶到了省城一所最大的医院。

　　来到医院,远山没敢直接去找医生,他怕人家说他不正常,终究卖肾不是件露脸的事,远山琢磨着先私下访访,等访着买主再找医生也不迟。主意打定,他就悄悄摸到了肾科病房,病房里有四五个病人。远山有点发虚,可一想到急着用钱也就豁出去了,他装成闲聊似的问那些病人和家属:"你们买不买肾?"

　　大伙被这个戴眼镜的山里汉子吓了一跳,大眼瞪小眼地呆着。远山说:"我说的是真的,不信这是身份证,我还可以跟你们签协议,我确实不是骗人的。"有个女家属见远山不像是开玩笑,就说:"你等等,还真有一个换肾的,我这就去把她爸爸叫来。"说完,她就飞快地溜出了门。没多久,那女家属领着一个老干部模样的男人回来了,"老干部"满脸喜色,一把拉住远山,把他拉出病房,在走廊的长椅上坐下,问:"小伙子,你真要卖肾? 不是闹着玩吧?"远山说:"我吃饱了撑的? 我才没心思开这种玩笑呢!""老干部"一看是真的,抓着远山的手,哆嗦着嘴唇热泪盈眶,远山好不容易才弄明白他要说的意思:他有个女儿得了尿毒症,命在旦夕,他东借西贷凑够了七万块钱,想用这钱找个卖主给女儿换肾。远山说七万不行,最少也得十万。远山虽然常年呆在深山里,可还是知道做买卖总要讨个好价钱。

"老干部"顿时满脸愁容,沉吟好久才对远山说:"我只有这七万块钱……你、你还是先去看看我家伶儿吧,见了她那可怜样儿,铁石人也会动心的!"说完便拽着远山去看他的女儿。远山一听,忽然闪过一个念头:看看也好,若是他的女儿真的濒于绝境,那就七万块钱卖给她,做个彻底的好人。

"老干部"把远山陪到了一间单人病房里,他的女儿伶姑娘正躺在那里,她已经不能起床,也无力多说话,除了一双大眼睛鼓凸着,整个人瘦得就剩下一把骨头了,可就是从这把骨头上还能看出她没病时是相当漂亮的,不光漂亮,还很有修养,从骨子里透着一种文雅和秀气。

看样子伶姑娘已经知道了卖肾的事,她很有礼貌地伸了一下干瘦无力的手,并对远山强作出微笑的样子。远山轻轻地点了点头,随后把那"老干部"拉到一边,小声说,他愿意按"老干部"说的那个价把肾卖给伶姑娘。"老干部"惊喜万分,竟像个孩子似的搂住远山的肩膀,做了个贴脸的动作。伶姑娘瞧着父亲和远山的举动,脸上露出了欣慰的笑容。

商定好卖肾的事后,"老干部"说:"咱是不是该做个检查,要是没问题,再跟医生说,商量什么时候做手术。"远山点点头:"最好,我正不想闹得满城风雨。""老干部"说:"这医院里的陈医生是我的亲戚,咱先求他偷着查了,你就说是我侄子……走,咱这就去。"

两人找到了陈医生,陈医生一听是"老干部"的侄子要做肾检查,二话没说就把检验单签了,还一再嘱咐远山:明天早上不要吃东西,要给他做全面检查……

第二天早上八点钟,远山准时来到医院,陈医生和"老干部"已经等在那儿了。医生带着远山一项一项地检查,直到中午才查完,接下来就是等结果。"老干部"一直跟在后边,见检查完了,赶忙把远山拉到伶姑娘的病房里。伶姑娘还是躺在病床上,见远山进来,脸上掠过一丝感激的微笑。"老干部"显得很开心,打开话匣子不断地说,说女儿是什么大学毕业的,分配的是什么工作,当说到她不幸得病时,他眼眶里顿时闪着凄凉的泪光,但他一会儿又笑了,说女儿这下子有救了,随即打开一个提包,从里面掏出腊肠、火腿、烧鸡和啤酒,他满满地倒了一杯酒,递给远山,感谢女儿的救命恩人……远山没有推辞,接过酒一饮而尽。他这辈子从没自己花钱买过这么多好吃的东西,尽管这些值不了几个钱,他依然买不起,他太穷,他的家乡太穷了。

这位眼镜片像瓶子底厚的山里大哥居然会卖肾,伶姑娘对此感到很新奇,她好奇地问远山是什么原因使他甘愿把肾卖掉,远山沉默好久,他想:能把真正的原因说出来吗?

远山住在一个很穷的山村里,是一所中学的高中教师。这地方百里之内只有这么一所中学,每年只有一个高中班。这里实在太穷太落后了,竟从来没出过一个大学生。远山教书十几年,就盼着培养出一个大学生。三年前,他发现一个穷孩子聪敏过人,又刻苦勤奋,他认准这穷孩子就是自己的希望,从此,他没日没夜地辅导,从自己每月百十元的工资里拿钱出来给那男孩买书,还帮着上山砍柴,侍候那孩子瞎眼的妈,三年来他们如同父子。那穷孩子也真争气,今年高考竟考上了一所全国重点大学,远山兴奋得三天没有合眼,他可以毫无愧色地对人说自己是个合格的教师。然而天有不测,穷孩子病倒了,经医院诊断是心肌肿瘤,这个晴天霹雳炸懵了远山,他从悲痛中挣扎出来,决定保住这孩子,给他治病。远山拿出所有积蓄,又借上几千块,带着那穷孩子去了北京,可是医生的话让他震惊:手术费要八万块!上哪儿弄这么多钱啊,无奈之下他只得把孩子带了回来。手边的钱勉强才凑够一万块,还差七万无论如何也借不来了,远山无计可施,他咬了三天牙,最后决定把自己的肾卖掉……

远山不能把这些告诉危在旦夕的伶姑娘,免得她伤心,可看着她正用期盼的目光等着回答,远山就用山里人特有的语言告诉她:俺的娃子病了,没钱给他治,做爹的才走这条路。他想把话说得平淡一些,这样可以减轻一点伶姑娘的心理压力,可伶姑娘的眼角还是溢出了亮晶晶的泪花,她想起了自己的父亲到处借钱给她治病的情景……

午饭过后,陈医生一脸沮丧地走进来,他把一张检验单递给了远山,十分歉疚地说:"你的肾……只有一个在工作,另一个已经不行了,如果不抓紧治疗,就会得尿毒症的……"远山呆住了,他把检验单看了好几遍:"是不是弄错了……"陈医生摇了摇头,走出了病房。所有的希望瞬间化为泡影,远山绝望了,泪水像开闸的河水涌出眼眶……

"老干部"也一屁股坐在小凳上:陈医生的话宣告了他女儿将无肾可换,死神的降临将不会很久……

伶姑娘倒表现得出奇的平静,苍白的脸上毫无失望之色,她轻声把"老干部"唤到跟前,用商量的口气说:"我的病已经治不好了,就是换个肾也不能活多久,咱把这钱捐给这位大哥吧,让他带回去给儿子治病……不是说做善事会进天堂吗?我想去啊……爸,就算是给我铺一条通向天堂的路,行吗……""老干部"已是泣不成声了,他不住地摇着头……

远山感动万分,他不知该怎么说,该说什么。他把手伸过去,握住了伶姑娘那瘦小的手,微笑着摇了摇头,嘱咐她别灰心,好好治病,然后擦干泪痕,把检验单装进口袋,跟"老干部"握手作别,头也不回地走出病房,出了医院……

迎着秋风,远山踏上了回归山村的路,他是带着失望和遗憾回来的,下了火车,他甚至没有力气和勇气走那四十里的山路。这条路他走了将近一天的时间,回到家他不敢去见那个有病的穷孩子,一连三天闷在家里,像像大病了一场……

就在远山已经绝望的时候,有一天,邮递员送来了一封来自省城的特快信件,另外还有一张七万块的现金汇票。远山惊呆了,他颤抖着双手打开信封,一看那信便热泪盈眶了——

　　远山大哥:

　　　　收下这钱吧,给小侄把病治好。小妹已向天堂走去了,这钱是搀扶小妹走向天堂大门的路资,千万不能退还,否则小妹会被关在门外的……用不着记住我,只要祝愿我在天堂里安宁就可以了。再见了,远山大哥……

　　　　　　　　　　　　　　　　　　　　伶伶

远山把信捂在胸口,跑到村头的山丘上,朝着东北方向屈膝跪下……

春天去了,夏天来了,病愈后的穷孩子如愿走进了大学的校园。他跟着远山多次到省城去寻找救他的恩人伶姑娘,但都毫无音信。他们知道,伶姑娘一定是到天堂里去了,他们祝福她在天堂里幸福、安宁……

　　　　　　　　　　　　　　　　　　　　(刘建国)

　　　　　　　　　　　　　　　　　　(题图:魏忠善)

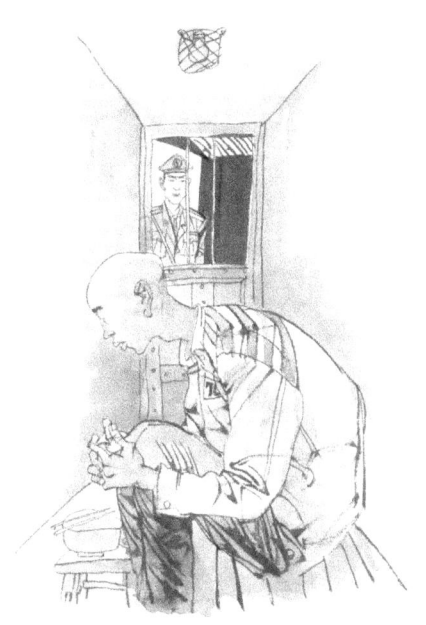

谎言如诗

　　这一天上午9点时分,两个神态威严的武警走到了死囚室的门口,到了这个时候,牢里的死囚便知道:他在这个世界上的时间不多了,剩下的时间要以小时、分钟来计算了。死囚自己也清楚,这是他必然的结局,一命抵一命,古今皆然,天道如此,一切都是自己做出来的,怨不得别人。

　　死刑是半个月前宣布的,死囚没有上诉,没用。他唯一能做的,便是戴着沉重的脚镣,呆在这间死囚室里,等待着生命的终结;再有,就是想见一见他的女儿。

　　负责看守死囚的警察中,有一个五十余岁的警官,姓丁,面相很和蔼,说话不紧不慢。他对这个死囚挺和气,隔三差五地丢给死囚一支烟吸吸。

死刑宣布后的一天,死囚对丁警官说:"政府,我是快死的人了,能不能麻烦你个事儿?"

"什么事儿?"丁警官用警惕的目光看着死囚,口气变得有些冰凉。

死囚说:"是这么回事儿,按照预产期计算,我媳妇已经生了孩子,你能不能到我家去一趟,我想知道是男是女。"

丁警官的脸色和缓下来,很认真地想着,没有回答死囚。

死囚给丁警官跪下了,脸上霎时布满了泪水:"政府,我求你了,你就去一趟吧,因为我犯了罪,我媳妇气病了,还不知道现在咋样了……"

"好吧,"丁警官说,"我请示领导以后再说吧。"

第二天刚一接班,丁警官就对死囚说:"昨天我去了你家,你媳妇生了,是个女儿。"

死囚很高兴,忙问:"我女儿她漂亮吗?"

"漂亮,"丁警官说,"脸很像你,眉眼像你媳妇。"

死囚的眼里顿时闪现出一抹奇异的光亮,很柔和、很慈祥的样子,他连声说:"我当父亲了,我当父亲了!"一阵激动之后,死囚又颓然坐回床沿上,神色黯淡无光,喃喃地说:"可惜我看不到我女儿了……"

丁警官叹了口气,说:"还不都怪你!"

在等待死亡的这几天里,应该说,死囚活得还算充实,常常和看守他的警察说起他的媳妇,还说他小时候的一些旧事。有时一个人坐着想心事,想心事的时候,死囚落过泪,也偷偷笑过。丁警官看到这情景后心中明白:是女儿在支撑着死囚的全部精神,换句话说,死囚在女儿的陪伴下度过了他最后的时日。

临刑前一天,死囚问丁警官:"是明天?"

"是,明天。"丁警官点点头,"你还有什么要交代的吗?"

死囚说:"上路前能不能让我见见女儿?"

丁警官摇摇头:"这不允许。"他想了想又说:"这样吧,到时候我会让你媳妇抱着孩子送你上路,让她尽量离你近一些。"听到这话,死囚的脸上露出了微微的笑意,他已经很满足了。

死囚在满足中被去掉了脚镣,押上了囚车。车子驶出监狱大门的时候,死囚被明晃晃的阳光刺痛了眼睛,但他忍着痛,把眼睛睁大了,他看到在大门外的路边站着丁警官,和丁警官站在一起的是死囚的媳妇,他媳妇怀里抱着用红色棉褥子包裹着的女儿。

囚车行进到死囚媳妇的跟前时,丁警官对驾驶员做了一个手势,汽车便停了一下。死囚的媳妇把怀里的孩子朝上举起来,于是,死囚依稀看到了襁褓中的女儿,小脸粉嘟嘟、红扑扑的,像一朵这个季节里开放的桃花,看到这,死囚的视线被泪水模糊了。

囚车远去了,可死囚根本想不到,在他入狱不久,他的女儿已经胎死腹中,他媳妇怀里抱着的孩子,是丁警官刚刚满月的孙女……

(李培俊)

(题图:安玉民)

不一样的结局

　　李智大学毕业没几年，就把自己的公司搞得有声有色。这次他别出心裁，策划主办"猜情节获大奖"活动，在《新江晚报》的醒目位置，刊登了一个故事开头，只要应征者续写的情节结局能与他封存在公证处的故事结局不谋而合，就可获得由他公司赞助的十万元大奖。

　　他的故事开头是这样的：

　　这年初秋的一天晚上，有个二十来岁的小伙子决定铤而走险，抢劫出租车司机。他想好了，只抢钱和车，绝不伤人，于是一口气灌下半瓶多"二锅头"，兜里揣把水果刀，伸手拦住一辆夏利车，夏利车的司机是位年轻的姑娘。

　　小伙子钻进车后座，发现运气还不错：车是新车，开车的的姐二十几岁,看上去年龄比自己大点,长得小巧温顺,制服她应该不太难。小伙子有酒壮胆,不动声色地说:"嗨,小姐,我去石涧。"

的姐回过头,露出一张笑脸,高兴地说:"真是巧,我正要去石涧有事。不过,得先说好价,去石涧 100 多里,要穿过两座大山,费油,磨损又大,少 300 元我可不跑!"

"300 元就 300 元,你开车吧!"小伙子知道这价开得高了,可到时候连车都是自己的,哪还要付什么车钱!

车子缓缓开动了。

的姐蒙在鼓里,哪知道危险正朝自己逼近……

故事开头到这里打住了。

这个猜情节活动的消息刊登后,一下子抓住了读者的眼球,应征稿件雪片似的飘进了报社! 截稿后,公证处对来稿逐一做完登记处理后,当众拆开了李智构思的结局封稿,评委也开始了紧张的评选。

应征来稿超人的想像力和千奇百怪的构思,让评委们都觉得意外。有的描写打劫者的残忍凶暴,让人心惊肉跳;有的刻画的姐神勇无畏,令人拍案叫绝;还有人设想了的姐与小伙子的浪漫爱情,催人泪下……遗憾的是,这些让评委啧啧称奇的构思,竟没有一个能与李智事先写好的故事吻合! 评委们不禁摇头叹息,李智更是异常失望。

就在评选临近尾声的时候,奇迹终于出现了! 一位署名叫金薇的女作者,续写的故事尽管比李智的"标准答案"多了不少生动的细节,但故事的发展非常相似!

金薇的笔迹有些颤抖,她续写的故事是这样的:

那的姐挺活泼,百灵鸟似的叽叽喳喳,边开车边同小伙子聊天。小伙子佯装酒喝多了,微闭着眼睛靠在后座上,偶尔应付几句,不敢多搭话。

大约过了半小时,车子拐进了小龙山密林,小伙子搭在大腿上的手慢慢移进裤兜里,攥紧了刀柄。毕竟第一次干这事,小伙子手心汗津津的,身子也紧张得有些僵硬。看看前后,黑沉沉的夜色中,只有这车的两条光柱,在盘山公路上孤单单地绕来绕去,他决定动手了!

小伙子正要拔出尖刀,车子突然"嘎"地停住了,的姐回头说道:"啊呀,瞧我只顾聊天,差点忘了跟你商量个正事儿!"

"哦?"小伙子一激灵,忙把抽出半截的刀又塞回兜里,催促道,"快说,快说,我还要赶路呢!"

的姐扭头甜甜地一笑:"对不起,对不起! 是这样的,我有个糊涂表弟,他在石涧砍了人,我表姐急着去跟人家私了,不然人家报了案,我表弟可要坐牢的! 唉,我表姐真可怜,自己不要命地挣钱供表弟读书,表弟还净给她添乱,良心都叫狗吃了!"的姐唠叨着,指指前面山下的一片灯火,说:"我表姐就在前面的温泉镇,能不能顺道捎上她?"

对付两个人自然会麻烦些,小伙子立刻回绝道:"我要赶时间,让你表姐另外打车吧。"

"不行的,不行的!"的姐头摇得像拨浪鼓,"你不知道,这条路常有打劫的事儿,她身上带着赔偿人家的三万块钱呢,打别人车她怎么放心哦! 再说我要不是为这事,也不会这么晚了还出车到这里来。"三万块? 小伙子心里一动,这可是笔意外收获!他盘算着,等进了温泉镇那边的大龙山再动手也不迟,于是故意不耐烦地说:"真烦人! 好吧,你打电话给她,让她快到路边等着,别磨蹭时间啊!"

"谢谢你啦!"的姐边说边掏出手机,拨通了电话:"是杜鹃吧,我这车现在有客人包着去石涧,20 分钟左右就能到温泉镇,你赶紧到镇政府门前那根电线杆下面等着,我车一到,你就过来,千万别误事啊!"打完电话,的姐不住地夸小伙子心肠好。

车子在山路上又慢腾腾地爬行起来,没跑多远,那的姐忽然又来个急刹车,"哎哟哎哟"直叫唤,难受地扭着腰身说:"小、小兄弟,我、我的皮肤又过敏了,痒死我啦!快、快替大姐挠挠……这儿,还有这儿……"

真够麻烦的!小伙子见她一本正经的样子,又怕耽搁时间,就犹豫着凑过去,很别扭地把手伸过去,隔着的姐后背的红绒衣,忙乱地挠起来。

大概是第一次接触女孩的身体,小伙子的手指不由自主地微微颤抖着,呼吸也渐渐粗重起来……他猛地抽回了手,结结巴巴地说:"大姐,你还是……自个儿挠吧……"

"不痒啦,不痒啦!"的姐很舒服地伸伸腰,"哎——小兄弟,你还挺会挠痒的嘛,不轻又不重,大姐要是有你这么个弟弟,常给我挠挠痒,那就美死啦!"小伙子脸火辣辣的,没应声,努力让自己平静下来。

的姐开着车,又漫不经心地问道:"对了,小兄弟,你有姐姐吗?"

"有一个。"

"她一定很漂亮吧?"

"是的,"小伙子语调忽然有些低沉,喃喃地说,"她很好看,对我特别关心……"

"那你多幸福啊!"

"不!我并不幸福!"也许的姐的话戳到小伙子什么痛处,他耷拉着脑袋哽咽起来。

"怎么啦?"的姐关切地问,"有什么不开心的事,能跟大姐聊聊吗?讲出来心里就好受啦。"

小伙子双手揪住头发,"呜呜"哭诉道:"我姐挣钱供我读书,让我一定要考上大学,可是有一天,我去找她,发现她在出租房做那种……见不得人的生意!我不要她的肮脏钱,那丢人的钱!"小伙子的痛苦也许憋得太久了,这会儿遇到陌生人,没什么顾忌,一下子像火山样迸发出来。

的姐听完小伙子的倾诉,叹了口气说:"小兄弟,你是好小伙子! 你说得不错,不干净的钱用了良心不安啊! 只要有志气,天无绝人之路的! 不过,你也要替你姐姐想想,她这么做全是为了你的前途。"

小伙子猛然抬起头来,刹那间改变了主意,泪汪汪地掩饰说:"大姐,本来我是准备去石涧,到姐姐那儿取钱,参加高考复读班,现在我决定不去了! 我就在温泉下车吧。"

的姐愣了愣,没吭声,好像在想着什么。这时,车子已经"嘎"地一声停在了镇政府门前,那个穿红裙的杜鹃等候在电线杆下,快步跑到车边,闪电般拉开车后门,一把乌黑的枪已经顶在小伙子的脑门上。

"不许动! 我是警察!"杜鹃厉声喝道,同时,四下里"呼啦"钻出了五六个警察。

小伙子吓得像截木头,额上冷汗"刷"地下来了,这才明白自己早就钻进了的姐的圈套!

没等小伙子说什么,的姐飞快地跳下车,抢着解释说:"杜鹃,对不起,那个可疑的乘客,已经在路上下车走了,他是我的表弟。都怪我乱猜疑,让你们虚惊一场!"

杜鹃松了口气,收起枪说:"没关系,老同学,你的警惕性真高!"

警察离开以后,的姐掉过车头,说:"小兄弟,我送你回家吧。"说完,默默地往回开车。

"大、大姐,你是怎么发现我的? 为什么报警后现在又救我?"小伙子瞪着惊恐的双眼,在后座的角落里抖成一团。

的姐轻声说道:"其实,你一上车,我就怀疑上你啦。你不像有钱的主,怎么车费贵了一倍也不还价? 这不正常呀! 不过看你动作迟疑,眼睛躲躲闪闪的,一定是初次。我让你挠痒,一来给警察多争取时间,二来试试你人品。还好,你人不坏,又能悬崖勒马,我才在关键时刻改变了主意,一念之间呀……"

金薇的故事写到这里结束了。当报社把获奖作品拿给李智看时,他激动得声音都变了调:"快,快,告诉我金薇的地址,我要见她!"

李智怎么能不激动呢? 因为这是个真实的故事,故事里的小伙子就是他自己。金薇在续写的故事里给男主角多编了一个姐姐,还多编了一个挠痒的插曲,其他情节和他几年前的经历几乎一模一样。这个叫金薇的作者,应该就是那个的姐,是他苦苦寻找多年的恩人!

金薇的家就在市郊,李智敲开破平房的木门,开门的是一位面容憔悴的妇女,李智急切地问道:"请问,这是金薇大姐的家吗?"那妇女点点头说:"是,我就是金薇,有什么事吗?"

李智愣住了,很显然,眼前的金薇不是当年的"的姐"!可她怎么会写出如此巧合的故事呢? 他疑惑地问道:"金大姐,我是来问问,您续写的那个故事是怎么编出来的?"

"这故事不完全是编的,王玫以前给我讲过一件类似的事情,我喜欢这个故事,现在就把我和弟弟都编到了故事里。"

李智一惊:"这么说,您认识故事中的那位'的姐'? 她叫王玫?"

金薇"嗯"了一声,目光突然黯淡下来:"王玫是我弟弟的女朋友,她活着的时候常常到我家来,有一次就给我们讲了这么个故事……"

李智听了这话,吃惊地说:"什么,王玫她死了?"

金薇神情悲凉地点点头,说:"王玫是个好姑娘,她和我弟弟谈恋爱以后,发现他和不三不四的人在一起,还染上了毒瘾,她又担心又绝望,却不忍心抛下他不管,哪知道有一天,我弟弟在她的车上向她要钱买毒品,她不给,结果两人争了起来,拉扯之中,车子撞向了路边的栏杆……"

李智不甘心地问:"那个王玫长啥样?"

"我有照片。"金薇边说边从抽屉里拿出王玫和她弟弟的生活照:王玫坐在驾驶室里,仰着笑脸,一双大眼睛正深情地看着倚在车旁的男孩。李智心里一颤,他认得这眼睛,不错,照片上的王玫正是那位"的姐"!

李智眼睛红了,对金薇说:"我有点不明白,你为什么要把故事里的小伙子换成你弟弟的身份呢?还要把自己也编进去。"

金薇的眼泪"哗"地流了下来:"我喜欢这个结局,我多么希望弟弟能和故事里的小伙子一样迷途知返。"

这一刻,李智已经决定要把这个叫金薇的苦命女人当作自己的姐姐,因为他觉得王玫肯定希望他这样做。

(袁　翼)

(题图:魏忠善)

砸
碑

有个叫刘义的贪官,在监狱里关了十几年,今天终于出来了。

按理说,出来好呀,俗话说,宁活世上七日,不活牢狱一年。然而,刘义出来后,却感到还不如呆在"大墙"里面,为什么?因为外面没人理他,不说一些当年所谓的朋友、兄弟们,一个个都躲得远远的,就连老婆孩子也不认他,改嫁的改嫁,断绝关系的断绝关系,刘义成了地地道道的孤家寡人了。

刘义心想:城里是呆不下去了,还是回老家吧,母不嫌儿丑,乡亲们一定不会嫌弃自己的!于是,就收拾收拾行李,回到了老家。

刘义的老家在鲁北山区,名字叫刘村。刘义下车后,站在村头的水泥路上,不由得百感交集:他上一次回乡,为的就是参加脚下这条柏油大道的建成立碑仪式,身边前呼后拥,那是何等的风光啊!

这条大街是他以扶贫的名义捐钱修的,花的当然是单位的钱,乡亲们却不这样认为,把功劳都记在他的头上,建成后还在路旁立了个石碑,刻着"刘义大街"四个遒劲大字,还特地把他请回来,为街碑揭幕。而如今,经过这十多年,已是物是人非,脚下的路面已经变得坑坑洼洼,破败不堪,自己更是落魄成孤魂野鬼,在外面都没有容身之地,不得已才投奔老家。想到此,不由大觉凄凉。

刘义抬眼望去,街旁的石碑还在。他缓步走过去,想看看碑上的字,等走到近前,他全身忽然一震,一颗心沉了下去,只见四个字已换了两个,变成了:贪官大街。顿时,"贪官"这两个字如同两把冰凉锋利的刀子,狠狠地刺进了他的心脏。刘义站在大街上,全身泛起阵阵寒意:没想到,家乡人也是这么恨自己!他们把贪官这两个字刻在碑上,是要让自己遗臭万年呀!刘义想到以后的日子,愁上心头,有些后悔贸然返回家乡。

他正在呆呆地发愣,身边走过一个牵牛的老头,边走边侧着头好奇地打量着他。打量了一会儿,老头突然面露喜色,开口道:"咦,你不是刘……刘义吗? 你回来了?"刘义认出他是刘德昌,过去是村里的书记,当年就是他到省城跟自己要钱修的这条街道的,论辈分自己得叫他二伯。刘义偷偷瞄了眼石碑上的贪官两字,羞愧地低下头,说:"二伯,是我,我回来了。"

"你这是……"德昌老汉看看他身边鼓鼓囊囊的行李,不解地问。

"我想回村里来住。"

德昌老汉一愣,显得很意外,随即展颜道:"好啊,你这是叶落归根呀,跟过去做官一样,老了以后要解甲归田、告老还乡。

其实,依我看,这就对了,金窝银窝不如咱的土窝,还是咱老家好。"刘义尴尬地笑笑,心中想说我是没办法才回来的,这话哪能说得出口?

德昌老汉说:"快进家吧,你还站在这里干什么?"他看了看那块碑,明白了,淡淡地说,"都是过去的事,不要想它了。"

刘义的父母在他出事不久就双双去世了,家里的老房子还在,打扫打扫就可以住了。晚上,乡亲们听说他回来了,都跑来看他,说些欢迎的话,告诉他,要是缺什么就去家里拿,甭客气。大家都不提他过去的事儿,倒是刘义自己忍不住了,红着脸说:"我对不起大家,丢了刘村的人了。"

德昌老汉叹口气,说:"这事儿以后不许提了。说实话,当时听说这个事儿后,大家伙都抬不起头来,心里也恨你,要知道,你可是咱们刘村的骄傲,是全村老少爷们的精神支柱呀。那时候,咱出门在外,只要一说刘村的,哪个不羡慕、不尊敬? 可是这根支柱塌了,大家伙就成了人家嘲笑的对象了,人家动不动就说:刘村别的不出,就出贪官! 还把你修的那条街,叫成是贪官大街。"

刘义不由痛哭流涕,对着几位年长的村人"扑通"就跪了下去:"我有罪,是刘村的罪人,愧对你们啊。"德昌老汉把他扶起来,接着说:"后来大伙一商议,干脆就把街名改成了贪官大街,为的是警戒咱刘村的人,以你为鉴,莫做贪官。有了这面'镜子',这些年来,从咱们刘村出去的人,个个都清清白白,对得起先人祖宗。"刘义喃喃地说:"贪官大街,这名字改得好,改得好!"

就这样,刘义在老家住了下来。

刘义当官之前在省医院做过大夫,在老家安下身子后,他就重操旧业,开了个小诊所。以他的医术,为乡亲们解决些头疼脑热的小病,自是药到病除,连有些乡里甚至县里医院都治不好的疑难杂症,他也经常能妙手回春。为了赎罪,洗刷往日自己带给乡亲们的耻辱,他为乡亲们治病仅收一点点工本费,自己能够糊口就行了。两三年下来,经他的手治愈的病人不计其数,他的名声也越来越大,十里八乡的人们都知道昔日的贪官如今成了救死扶伤的神医。现在,刘义到乡里去赶集,大老远就有人迎过来,恭恭敬敬地喊他刘大夫,不再有人对他指指点点,说这就是刘村那个大贪官了。

这一天,刘义正在家里配药,听到村口锣鼓家什响翻天,心想:"肯定又有人来送锦旗了。"由于他收费低廉,许多病人就把送锦旗当成表达感激的方式。如今,家里的锦旗多得都搁不下了。然而锣鼓家什响了半天,却也不见有人过来。过了一会儿,锣鼓声停了,突然传来了激烈的吵闹声。

刘义正在胡乱猜测出了什么事儿,"咚咚咚"一个毛头小子慌里慌张地跑来,大老远就喊:"叔,快到村口去,德昌爷爷叫你。"刘义问:"啥事?""不好了,外村的人欺负上门来了,要砸咱村的街碑。你快去看看吧。"

刘义一慌,赶忙放下手中的活儿,赶到了村口。

村口,德昌老汉正领着人与一帮人对峙着,双方剑拔弩张,对方手里拿着炮锤、镐头,来势汹汹。再看那块街碑,已经被砸去了一只角儿。这帮人看见刘义来了,欢呼一声,纷纷迎上来,招呼道:"刘大夫,您来了?"

刘义认出为首的这人是自己不久前治好的一个病人,松了口气,就问:"你们干吗要砸碑?"

这人指着石碑上的字,气愤地说:"刘大夫,我们是实在看不下去了,你们村的人也太欺负人了,干吗到现在还竖着这么一块碑来臭你?"

刘义一怔,心中升起一股暖意,眼中就觉热乎乎的,忙说:"没有的事儿,没人来臭我,你们误会了。"

这人说:"刘大夫,你别管了,我们大伙已经商议好了,说啥也不能再让他们糟蹋你了,这块街碑今天非砸了不可。你看,新碑我们都准备好了。"说着,他一挥手,就有人抬过一块石碑,在旧街碑旁边一放,就把上面盖着的红绸子揭开了,露出四个大字——刘义大街。看到上面的字,刘义忍不住了,眼泪夺眶而出。

德昌老汉见状,眉毛胡子喜得直抖,一拍大腿道:"哎呀,大水冲了龙王庙,你们是来换碑的呀,咋不早说? 其实,我们也早想换了。谢谢你们了! 来,让我老头子亲手来把旧碑砸了。"有人就把铁锤递给他,德昌老汉攥着铁锤来到刘义身旁,一竖大拇指,说:"刘义,你是好样的,你看,现在没人记得你是贪官了,你给刘村的老少爷们争脸了!"

刘义心潮激荡,说:"二伯,你能不能把铁锤交给我,让我来砸?""行。"德昌老汉高兴地把铁锤交到他的手里。刘义攥着铁锤,一步步走到近前。这时候,鼓乐喧天,锣鼓家什重新响了起来。掌声中,刘义高高举起了铁锤,手起锤落,石碑顿时碎了。

锣鼓家什戛然而止,大伙面面相觑,都愣了。

原来刘义砸的并不是那块旧街碑,而是新做的这块。

德昌老汉着急地喊道:"刘义,你这是干什么?"刘义放下铁锤,哽咽道:"我知道大家能原谅我就知足了。这块街碑不能换,留下这一面镜子时刻提醒我们走正道,这比给我竖起十块功德碑要好得多。"

于是,这块断了一只角的街碑就一直在刘村的村口立着……

又过了半年,这天,德昌老汉急匆匆地来找刘义,商量说:"这次街碑恐怕不换不行了,因为有人出钱要重新铺这条街道,不过,人家的条件就是要用她起的新街名,你说咱答不答应?"

刘义一听,喜道:"好事呀,赶快答应,这条街早该修了。"

很快,一条崭新、平坦的大街建成了,立碑这一天,刘村的人们跟过年似的,喜洋洋地聚集在村口。震耳欲聋的鞭炮声中,当大红绸子从碑上徐徐落下,刘义呆住了,只见碑上的四个大字清清楚楚——刘义大街!

这时候,人群突然静下来,乡亲们簇拥着一个姑娘来到他面前,德昌老汉大声介绍说:"刘义,就是她出钱为我们修的街道。"

那姑娘冲着刘义深深地鞠了一躬,喊道:"爸爸。"

刘义突然间就泪流满面。

(黄　胜)

(**题图**:安玉民)

最后一场演出

　　这天晚上,京剧团的演出结束后,刘彩霞连妆都没有卸,就随着寥寥几个观众走出剧院。她站在门口,在凛冽的寒风中怔怔地看着对面人头攒动、喧哗热闹的歌舞厅,忽然间感觉到万念俱灰,两颗泪珠无声地滚落下来。

　　这半年来,克服种种困难,刘彩霞带领大伙精心排练了几部大戏,本想以此重振剧团雄风,没想到市场反应冷淡,观众们并不买账。每场演出,除了她的十几个铁杆老戏迷前来捧场外,门可罗雀。几天下来,剧团入不敷出,连剧院的租金都付不起。所有的努力、希望顷刻间化成了泡影。

　　她怅惘地想:该结束了……

　　第二天,刘彩霞召集大伙开了一个短会,先落实了一下过几天下乡演出的事情,然后黯然地宣布:"京剧团再也维持不下去了,等接下来的这几场戏唱完,我就辞去团长一职,这辈子再不会唱戏了,不瞒大家说,出路我已找好了,我有个亲戚开饭馆,他那里缺个洗碗刷盘子的帮手。你们也各寻出路吧!"

听到当年红透城乡的名角儿"小彩霞"要去饭店洗碗,人人心中酸楚,几个小姑娘更是当场哭了起来,她们拉着刘彩霞的手说:"师傅,你不能抛下我们不管呀!"

刘彩霞强忍泪水,勉强笑道:"你们年轻,改行还来得及,以后好好寻个正经事做,千万别唱戏了。耽误了你们这几年,师傅对不起你们。"说着,她别转过头,怕她们看到自己的眼泪。

"师傅!"

"师傅!"

屋里哭声一片,男人们眼圈也都红红的。

刘彩霞打起精神,说:"大伙儿都提起精神来,把咱们最后几场戏唱好,将来也好……也好有个想头。"说到这里,她再也忍不住了,泪水夺眶而出。

最后这几场演出是前些日子跟人家定好的。

刘彩霞有个老同学张德江在三山镇当副镇长,当年刘彩霞红遍城乡的时候,张德江就是她的忠实戏迷。前些日子,两人偶然在街上碰上,张德江听说剧团日子不好过,没有戏演,就有心帮她一把,拍着胸脯打了包票:到我们那里去唱,三山镇偏僻,没有什么文化活动,你们去一定受欢迎。

刘彩霞有些担心:老百姓愿意掏钱看戏吗?

张德江说:"包在我身上,花块儿八毛的就能看送上门的大戏,不乐趴下才怪呢。"于是,两人就定下了这事,初步打算演八场,每场的报酬是五百元。剧团的人得到这个消息后都很振奋,八场就是四千元,人均下来二百多元,过年就够了。

过了几天,刘彩霞打电话联系张德江,问安排好了没有,什么时候出发。

张德江支吾了一会儿,才吞吞吐吐地说:"彩霞,你们过来吧,不过场次减少了,可能演不了八场。"

刘彩霞心里一紧,就说:"能演几场算几场吧。演几场?"

张德江为难地说:"对不起,可能就两三场吧。"

刘彩霞掩饰不住内心的失望:"是不是出了什么问题?"

张德江说:"妈的,这帮刁民,花一块钱看戏都嫌贵,都想白看呢。"

原来,张德江回去后把请戏的事跟各村主任一说,大家一开始都挺高兴,说多年没看戏了,早该请了。可后来听说还要出钱,村主任就都不干了,纷纷说村里没钱,要请的话就由镇里出钱。

张德江知道他们说的也是实际情况,就说:"镇上哪有钱给你们? 要看戏的话自己回村里收,一户收一元就够了。"村主任们听了他的话,都回去发动群众,结果只有两个村收够了五百元,其他的收了一百元、两百元不等,有个最穷的老树沟村,一千多户人家,只收上来五十来元。这样,剧团就只能到收够钱的两个村演两场了。

演两场也比没有戏演强,京剧团打点行装,来到了三山镇。当天晚上,他们到其中一个村演出,张德江专门安排人守门,外村的人一律轰走:"想看戏,回去交钱,在自己村看。"

由于天冷,许多年轻人宁愿聚在一起摸牌九打麻将,也不愿受冻来听这咿咿呀呀老掉牙的戏,台下的观众除了上了岁数的老人,另外就是妇女和孩子了。不过,大人叫,孩子跳,现场倒显得闹哄哄的,很是热闹。

演出开始后,由于大伙都知道这是京剧团的最后两场戏了,所以演起来很卖力,无论是主演还是跑龙套的,都一招一式力求到位。刘彩霞更是将浑身的本领都使出来,用尽浑身的力气在唱、在舞,似乎要把自己融化在这简易的舞台上。

　　所有的人都感觉到,当年的那个光彩夺目的"小彩霞"又回来了。

　　渐渐地,台下的人看得如痴如醉,连孩子都停止了打闹。

　　张德江获知剧团将要解散的消息,吃惊不小。戏开演后,他在台下看着"小彩霞"忘我的表演,心中难以平静,他想不通,这么好的演员、这么好的戏,怎么会走到这步田地呢? 难道以后再也看不到"小彩霞"的表演了吗?

　　第二天晚上,京剧团来到另一个村子演出。开演前,张德江才火急火燎地赶到。他掏出一摞钱放在桌子上,里面有大钞也有零票,大钞是一千五百元,小票共五百元。他兴奋地告诉大家:由于昨晚上戏演得精彩,消息传出去后,另外几个没收够钱的村子钱都收上来了,这是两千块钱,今天晚上这一场后,还有四场等着你们呢。

　　大家喜出望外。刘彩霞更是眼中放光,她握住张德江的手,感激地说:"老同学,太谢谢你了。"说着,眼圈不由自主地红了。

　　要知道,她本来是把今天晚上的戏作为这辈子演的最后一场戏了,没想到还有机会能多演几场,不免让她激动得有些失态。

　　张德江明白她的心思,拍拍她的手,低声道:"咱们不用客气,用心演吧。"

　　刘彩霞深深吸了一口气,忍住了眼泪,是的,她要把接下来的每一场演出,都当成是自己的最后一场。

　　接下来的几天,每天晚上演一场,每天晚上都要换一部戏。一连几场演下来,刘彩霞毕竟是四十多岁的人了,大家都怕如此强度的演出她吃不消,然而,她的脸上却神采飞扬,丝毫看不出疲劳的感觉。是啊,多少年没过这样的戏瘾了,她依稀找回了昔日辉煌的感觉。

　　演到第五场,却出了意外。那天的演出结束后,张德江正跟演员们一起收拾现场,急三火四地跑来了一个婆娘,上来一把就揪住了张德江的耳朵,疼得他哇哇大叫:"哪个王八蛋……"等回头看清来人是谁,立马笑嘻嘻道,"夫人,你咋亲自来了?"

那妇女横眉怒目:"姓张的,今天你要是不交待清楚,老娘跟你没完。你说,你把钱都给哪个相好的了? 那一千五百元钱是留给儿子交学费的,你也敢动?"

刘彩霞听了心中一动,忙过来道:"是嫂子吧? 张大哥拿你的钱了?"

张德江一个劲地冲老婆使眼色,老婆却不理他,她打量打量刘彩霞,酸溜溜地说:"你就是那个小彩霞吧,果然长一副风流样子,我那一千五百元是他拿给你了吧?"

张德江一听,跳过来一巴掌就甩在老婆脸上,骂道:"臭娘们,让你胡说八道,快滚!"不由分说,拖着老婆的胳膊就往场外拽,两人撕扯着走了。

刘彩霞呆立在那儿,她明白了张德江那天拿来的那两千元钱是怎么回事了:除了那零零碎碎的五百元,剩下的是他自己掏的腰包呀!

两行清泪从她的脸上缓缓流了下来。

第二天一大早,张德江就赶来了,脸上横一道竖一道的,伤得不轻。他看到刘彩霞,尴尬地说:"让你看笑话了,我老婆胡说八道,你别往心里去。还有,她的钱找到了,他妈的,这老娘们,钱藏在什么地方自己都记不清。"

刘彩霞眼圈一红:"行了,你别说了。"她从口袋里拿出那一千五百元钱,这钱本来已经分给大家了,她昨晚上费了好大的劲才说服大家收了回来。她把钱塞到张德江的手里,说:"大哥,你的情我们领了,我知道你也不容易,这钱我们是万万不能要你的。"

张德江把钱猛地拍到桌子上,板着脸气汹汹地说:"你瞧不起我是不是? 这钱是你们该得的,收下! 这不是你自己的,是你们全团的。"

　　刘彩霞无语地立在那里,一瞬间,她真想扑到对面这个男人的怀里,痛痛快快地大哭一场。

　　"好了,今晚是你的最后一场戏了,好好演,我也要好好听,唉,以后怕没机会听到了。"说到这里,张德江的喉头也哽咽起来。

　　刘彩霞抬起头说:"不,我们商议好了,明晚上再加演一场,不是有一个老树沟村总共才凑了五十元钱吗?我们就去老树沟演最后一场,免费演出。"

　　第二天晚上,老树沟村几乎所有的村民都来到了小学校,由于是义务演出,观众不受限制,附近许多村的村民闻讯也赶来了,黑压压地挤满了小操场。

　　今晚上的剧目丰富多彩,先是许多名剧的精彩片段,都是"小彩霞"的拿手唱段,压轴的是传统名剧《霸王别姬》。演出开始前,"小彩霞"候在场边,当锣鼓声响起,她的心怦怦狂跳,三十年前自己初次登台的画面清晰无比地出现在面前,一瞬间,岁月似乎凝滞……

　　大幕徐徐拉开,"小彩霞"开始了她最后的演出。

　　"劝君王饮酒听虞歌,解君忧闷舞婆娑。嬴秦无道把江山破,英雄四路起干戈。自古常言不欺我,成败兴亡一刹那……"

　　"小彩霞"圆润亮丽的嗓音慑人心魄,字字泣泪,句句啼血,后台的人闻之无不动容,大家知道,那是她用自己整个生命在演唱,在向自己深爱的舞台做最后的告别。

　　虞姬挥剑自刎的一幕使当晚的演出达到了高潮;虞姬抬起宝剑,脸上的凄怆绝望的表情令人不忍目睹,"小彩霞"似乎完全进入了角色之中,手猛一挥,宝剑在脖子上一划而过,随后,她轰然倒地。

　　全场一片寂静,观众们都被她逼真的演出惊呆了,过了很久,掌声才轰然响起。

张德江坐在后台,他最先清醒过来,大声喊道:"快拉幕!"率先冲上台去。

他抱起刘彩霞,只见刘彩霞双目紧闭,已经昏迷,颈上有鲜血流出。张德江吓坏了,仔细一检查,一颗心才放下来:幸亏是木剑,伤口很浅,之所以昏迷不醒,大概是劳累与伤心过度造成的。

他急忙让人端来热水,喂刘彩霞喝下。

片刻后,刘彩霞才醒转过来,她看了看众人,泪水滚落,嘴里喃喃道:"结束了。"双眸中光彩尽失,一瞬间,似乎苍老了十岁。

当天晚上,下了一场大雪。

第二天早晨,刘彩霞醒来后,听见外面有动静,下炕一拉门,顿时呆了:雪地上,一溜摆放着四个竹筐,装满了花生、栗子、鸡蛋,还有活鸡活鸭,一旁的树上,还拴着一只羊。

老树沟的老主任候在一旁,见到她,凑过来小心地问:"妹子,你好了没有?"见刘彩霞看着地上的东西发呆,就说,"大伙听说你唱戏累病了,送点东西来给你补补身子,还有一些是送给你们的一点年货。山里没什么好东西,你们可千万别嫌弃。"

刘彩霞眼眶一热,不知说什么好。

老主任又从怀里掏出个布包,打开,道:"妹子,这里面是棵老山参,你身子骨弱,补一补就能恢复了。"

他搓着一双大手,笑眯眯地说:"妹子,你戏唱得太好了。大伙托俺问问你,赶明年,你还来不来俺村唱了?"

刘彩霞攥着那棵昂贵的老山参,泪水"扑簌簌"掉下来,一时间,她不知该如何回答……

(黄　　胜)

(题图:谢　颖)

三个老头一把枪

　　烈士陵园里苍松翠柏,环境幽雅,是市民们晨练休闲的好去处。有个小"生意精"李顺,偶然上这儿闲逛,发现了商机,回家就把床板拆下来,把儿子的两桶橡皮泥糊在上面,然后拴上十几个拳头大小的气球,拉到烈士陵园门口。干吗?当靶子,他摆了个射击摊儿。

　　那么多生意不做,为什么偏选射击摊呢?原来经李顺观察,到这儿来的人,多是些怀旧的"老革命"。这些人大多是离退休的老干部,工资不低,但是他们的钱特别不好挣,为了一斤便宜五分钱的萝卜,他们能多跑二里路。但是他们戎马半生,对枪炮有着特殊的感情,这人哪,他只要好这一口,再贵都不嫌贵。所以李顺才摆了射击摊儿。

　　为了吸引顾客,李顺的气枪是专门从一个老枪迷手上弄来的仿真三八大盖,尺寸上比真枪略小一点,只能用弹簧动力发射橡胶弹,但是所有零件都是真材实料,标尺可以活动,刺刀、弹匣可以装卸,这逼真程度还能不让老家伙们着迷吗?

　　这一招还真叫李顺想对了,他刚摆好摊子,就过来一老头,能有六十多岁吧。老头不摸枪先问价:"打一枪多少钱?"

　　李顺说:"打不中,您赏我两毛;打中了,不光不用给钱,我还有奖品呢:钥匙串、指甲刀、痒痒耙子挖耳勺,都是实用的小玩意儿,随便您挑。"

　　老头直摇头:"不行,不行。"李顺说:"您老一月工资一两千,还在乎这点钱吗?"

　　老头说:"我倒不在乎,我怕你在乎。"说着他接过枪,"啪啪",上刺刀拉枪栓,那个熟练劲就甭提了。李顺这才明白:敢情人家是怕我赔光了啊,但是开了自助餐,就不能怕大肚汉。李顺一笑,说:"大爷,我这儿钥匙串管够,就怕您没那么多钥匙。"

　　老头说声:"好!""啪"地就开了一枪。

　　枪声过后,李顺凑近靶子找了半天,只见那橡皮泥糊成的靶面平滑如镜,一个坑儿没有。

　　老头不服气,又一气开了八枪,只有两枪上了靶,气球更是一个没打着。李顺忍不住一咧嘴,老头脸一红,就有些挂不住了:"你等着,我喊俺王二哥去,今儿不把你小子的裤子赢过来,不算完!"

　　过了一会儿,老头果然又领了一个人来。李顺一看,这位王二哥有七十多了,弓腰驼背,走路带喘,一只袖管还晃荡着,显然是缺了一只胳膊。李顺心想,我这三八大盖虽然是仿真的,可也有七斤多啊,你一个古稀老头,还病病歪歪的,我就不信你单手能打。

　　就听这王二哥说:"我这兄弟是儿童团的水平,枪法不太好,我是他的俘虏,就更赶不上了。可是他让我来,我这俘虏不敢不来啊。来了可是来了,我这人比较害羞,我就背对着靶子开两枪吧。"

李顺一听,什么?背对着靶子?老头这牛可吹得够谦虚啊。李顺看看旁边围了不少看热闹的,他脑瓜精明,立刻意识到这是个难得的炒作机会,当即抽出了一张百元大钞:"大爷,您要能背对着靶子打中气球,奖品就不是钥匙串了,是这个。"

老头笑笑:"那你就先放我口袋里吧,人家说做买卖的要先收了定金心里才稳,我也试试这感觉。"

李顺心想,老头狂得可以啊,难道他真有这本事?想着,他亲了亲那张大钞,装出一副生离死别的样子放进了老头口袋,引得众人哄堂大笑。这一笑,人聚得越发多了。

就见老头把枪挎在右肩上,枪口向后,胳膊夹住枪,用仅有的右手扣住扳机开了一枪。没打中!再开一枪,一样。

老头也真讲信用,说两枪就两枪,一枪都不多打。一看没打中,他摇摇头,把钱掏出来还给李顺:"小伙子,刚才不紧张吧?"李顺接过钱来,回了一句:"老爷子,现在不难堪吧?"

老头一听,受不了了:"你当我真不行啊?当年我还在国民党当兵时,上面实行'不抵抗政策',见了日本兵就跑,我逃跑时边跑边向后开枪,撂鬼子那是一撂一个准儿!"

李顺"哧"地笑了:"那您现在怎么打不中呢?"

独臂老头耸耸肩:"这不怨我。我当年用的子弹是美国人给的,劲儿大走直线。你这枪不行,弹簧劲儿太小,子弹打出去走弯路。你还别笑,等着,我喊俺陈大哥去,今儿不把你裤子赢下来不能算完!"

过了十分钟,老头回来了,推着一辆轮椅。轮椅上坐个人,须发皆白,嘴眼歪斜,半身不遂,看来是中风后遗症。

李顺简直不敢相信自己的眼睛,这位陈大哥都这样了,只怕吃饭都得人喂,他能打中气球?

王二哥把李顺的枪一把扯过,递给那位陈大哥:"大哥,这就是我给你说的那支三八大盖,你瞅瞅,还差不多吧?"

陈大哥接过枪,抖着手摩挲一遍,顿时他的眼神瞪得跟探照灯一样,握枪的手也不抖了。就见陈大哥单臂平举,稳如泰山,"啪"地开了一枪。

还是没沾边。

陈大哥咕哝了一句,他是中风后遗症,口齿不清,李顺没听懂。王二哥却一拍脑门:"差点忘了,你等会儿。"说完,转身就走。

过了好一会儿,老头才满头大汗跑回来,手里举着一样东西:"找了一大圈,没找着合适的,就用这个吧。"李顺一看,原来是一管口红!难道陈大哥还得化化妆才能打?

就见王二哥拿着口红向气球走去,给每一个气球上都涂了个红点儿。他那儿刚画完,往旁边一闪,就听陈大哥"啪!哗啦,啪!哗啦",干什么呢?三八大盖是手动步枪,打一下得拉一下枪栓,拉一下枪栓打一下,一下就是一个气球。一会儿工夫,十几个气球全部报销。

围观的人一齐使劲鼓掌。

王二哥对李顺说:"小子,想想你输什么吧。"

李顺腆着脸说:"您要什么我给什么,要裤子我就脱给您。但您得告诉我,您刚才画的那红点是什么意思?为什么不画就打不中,画了就一枪一个?"

王二哥说:"我们陈大哥是八路军的神枪手。他瞄鬼子钢盔上的红膏药瞄惯了,没那个红点儿打不准。"

李顺一听恍然大悟,噢,原来是拿这红点当鬼子的膏药标记啊,可他又一想,不对呀,要瞄准那红点打,子弹不就打在钢盔上了吗?

王二哥说:"那时候八路军的子弹是自己造的,没那么大劲儿,子弹飞出去一边往前走一边往下掉,瞄着红点打,子弹走到跟前正好揍鼻子上。你这枪弹簧劲儿太小,正好跟当年用的子弹一样。"说到这儿,王二哥话锋一转,"你问的我都告诉你了,现在我要收战利品了,把你这支枪输给我们陈大哥吧。"

李顺一愣,突然觉得背后有人扯他的衣服,李顺扭脸一看,是那个最早来的儿童团老头,他手里拿了叠钱晃了晃,那意思是买你的。

李顺刚才亲眼看到这支枪在陈大哥身上引起的"化学反应",脑袋一热,生意人的精明也不知跑哪儿去了,他把老头递过来的钱一推:"好男儿说话算话,这支枪就输给你们了!"说着,把枪双手捧给陈大哥。

陈大哥接过来,又摩挲了好一会儿,还给了李顺,缓慢地说了一句话,这回李顺听清了:"接着摆摊,让孩子们都来玩,账记我们头上。"

（张东兴）

（**题图**:魏忠善）

亲 亲 血 脉 情

人类社会始终希望不断繁衍。它用持久不衰的感情代替性质短暂的欢乐,创造了人类最伟大的业绩和各种社会的永恒基础——家庭。

自己的家园值千金。

两个老伙计

　　龙山村有个老汉,今年七十多,明明姓马,大家却都叫他牛大爷。为啥?因为他跟牛特别亲。

　　据说,牛大爷出生那年,山洪暴发,村子被淹,他妈妈逃到山坡上的牛棚里才生下了他。大概就是这个缘故,牛大爷这一辈子和牛结下了不解之缘,从地主家的放牛娃到生产队的"牛倌",一干几十年。

　　后来,村里搞"责任制",牛大爷就自个儿买了头小黄牛,精心喂养,调教得膘肥体壮。这牛也真好啊,干活从不偷懒,还通人性,牛大爷高兴的时候,牛也欢腾,牛大爷遇上不顺心的事了,牛会跟着难过哩。所以,牛大爷这辈子养了那么多牛,还就跟这头大黄牛感情最深。

牛大爷的老伴死得早,唯一的儿子前些年也出去闯世界了。牛大爷就和大黄牛相依为命,啥个心里话都会对着它念叨。牛大爷自己滴酒不沾,可每天给大黄牛喝半斤黄酒,却是雷打不动。

可是,岁月不饶人。牛大爷和大黄牛都老了,大黄牛成了老黄牛,再也耕不了地了,牛大爷呢,身子也是一日不如一日,常常喘得直不起腰。

那天,牛大爷的儿子从南方回来看他,还带回个白白净净的城里媳妇。见了父亲这模样,儿子难过得直掉眼泪:"爸爸,儿子现在日子好过了,您就跟着我们去城里享几年福吧,也让我们尽尽孝心!"

媳妇在一旁也说:"爸爸,城里医院好,可以治您的气喘病!"

牛大爷问:"我能把牛也牵去吗?"

媳妇"扑哧"一声就乐了:"爸爸,城里不准放牛,再说我们也不用耕田啊。"

儿子说:"哎,这头老牛,卖了得了,才几个钱?"

牛大爷一听就火了:"你敢!谁要把我这老伙计杀了卖肉,我跟他拼老命!好多牛贩子来和我商量,都给我骂了回去!"

儿子没了主意,瞅着父亲发愣:"这老牛留着还有什么用呢?"

牛大爷喘了半天气,才说:"这牛跟了我这么多年,感情厚着呢!我这辈子也没有做城里人的命,你们就让我在这里,不是我给牛送终呀,就是让它给我送终了!"

儿子媳妇见实在说服不了父亲,只好留下点钱,回南方了。

牛大爷的病越来越重,人瘦得只剩一层皮。可只要天气好,他总是硬撑着牵老黄牛去山坡吃草。

这天,牛大爷牵着牛刚来到山坡上,从对面东张西望地走过来一个秃子,见了老黄牛,那秃子三步并作两步地跑过来,"扑通”一下就跪在牛跟前,放声大哭,叫道:"娘! 儿可找到你了!"

再看那牛,真是奇了,竟不住地用舌头舔秃子的光头,牛眼里"扑簌簌"地掉下泪来!

牛大爷在一旁看得呆了,半天才回过神来,拉起秃子问:"你先慢点哭,这到底是怎么回事啊?"

那秃子抹了抹眼泪,把事情原原本本地告诉了牛大爷。

原来这秃子是邻村人,自小没娘,大家都管他叫二秃。说是前几天,他娘托梦给他,她死后虽被罚做牛,不过阎王念她做过善事,就让她去了户好人家。如今娘思念儿子心切,特地让儿子来找她,母子再见一面。

二秃拉着牛大爷的手说:"大爷,您一看就是个好人,我代我娘谢谢您这么多年照顾她! 您能不能出个价,让我把我娘买回去,最后尽尽孝心呢?"

牛大爷一听,心想:怪不得这牛这么通人性呢,原来是这秃子的娘! 心里一难过,也掉下泪来:"难得你这份孝心啊! 我怎么能卖你的娘呢? 你快把你娘领回去吧,只要你好好待她,我就放心了!"

二秃一听,对牛大爷千恩万谢,回身牵着牛就走。再看那老黄牛,还在流眼泪呢!

牛大爷想到老黄牛有了好的归宿,打心眼里高兴,脚步轻快地回了家。可一到家,这心又空落落的,无依无着了。最后,牛大爷想:老黄牛找到了儿子,我干脆在临死前也到儿子那里去看看他们吧。

就这样,牛大爷给儿子发了电报,没几天,儿子媳妇喜滋滋地来把他接走了。

到了城里,感觉还真不一样,什么都新鲜。儿子媳妇待老人特别尽心,又陪他看病逛街,又陪他看戏聊天,没多久,牛大爷就调养得红光满面,气喘病也好了,腰板也直了。

　　住着住着,牛大爷就想起那头老黄牛了,他琢磨:我在儿子这儿过得挺好,不知它在它儿子那里过得怎么样?

　　于是,牛大爷对儿子说:"我惦记我那老伙计哩,真想去看看它。"

　　儿子眨眨眼,说:"好啊,爸爸,我陪您去。"

　　就这样,过了几天,他们又回到了村里。

　　到邻村一打听,很容易就找到了二秃的家。二秃一见牛大爷,乐着说:"大爷,好久不见,都认不出您啦!在城里过得还好?"

　　牛大爷答道:"好着哩,你娘还好吗?"

　　二秃朝牛大爷的儿子挤挤眼睛,一边说:"她老人家还好,就是病了,在打针呢。"

　　他们来到牛棚,一看,嗬,那老黄牛真的还在,只是太老了,都站不起来了,正躺在地上挂盐水呢。老牛看见旧主人,轻轻地"哞"了一声,抬起头好像在打招呼。牛大爷一颗悬着的心放了下来,走上前,抚摩老牛的头,像是有满肚子的话要说。

　　过了好久,牛大爷回过头,瞅着儿子和二秃,两行老泪挂了下来。二秃说:"大爷,您放心,我一定给我娘送终!"

　　牛大爷摆摆手,对儿子说:"好啦,你们也不用演戏啦。前些日子,你和你媳妇悄悄说的话我都听见了,是你让二秃在自己的头上抹了盐和辣椒水,假装认娘,领走了我这个老伙计。你们为了我好,我懂,要不恐怕老牛和我早都入了土喽。这些天我也想明白了,只是拖累了二秃你,我的心不安呀。"牛大爷又回过头,拍着老牛的犄角说,"老伙计,老了也是没法子的事,你就放心地走吧,别拖累人家了。不过,咱们说好了,下辈子咱俩还在一起……"

　　牛大爷的儿子和二秃都流泪了……

(汪世炎)

(题图:箭　中)

后 爸

朱小海今年 16 岁。高中没考上,只好又回到了海岛上的家。

朱小海的爸爸是个后爸,跟母亲感情不和,成天总吵架。朱小海倒不是偏向自己母亲,他觉得实在是不怪自己母亲,因为后爸的脾气太驴,谁跟他也弄不到一块儿。

这不,今儿一大早,朱小海正在熟睡,门突然被"嗵"的一声踢开了,后爸扯着大嗓门嚷道:"都啥时候了,还在那儿睡懒觉?起来,跟我下海去!"

听到声音,母亲忙过来阻拦:"他爸,就让孩子多睡会儿吧,下啥海呀,孩子还小……"

"啥?还小?就是你惯的!"后爸打断母亲的话,恨恨道,"十六七的大小伙子了,还成天像老母猪偎窝似的躺在那儿犯懒。

指望谁养活呢？起来，跟我下海去！"

　　后爸这副蛮横凶恶的样子，实在把朱小海气坏了，他真想拗着不起来，但又生怕吵起来惹母亲伤心，便没好气地白了后爸一眼，默默地起来了。

　　后爸临走时对母亲说："我们得三两天才回来，你自己在家该吃啥就吃点儿啥，别又穷对付。我最见不得你那副死抠门的穷酸样。"

　　母亲没理他，只是不放心地一个劲儿叮嘱朱小海："孩子，到海上千万多加小心，一定要听话！"

　　朱小海点点头，但心里却在恨恨地骂："呸！我听他话？他算老几？等我长大了，再跟这老东西算账！"

　　上船后，朱小海懒懒地倒在甲板上，小船摇摇晃晃，朱小海的心也随着晃晃悠悠地难以平静。朱小海恨自己亲爹，他为了还赌债，竟然在自己五、六岁时把自己卖了，多亏两个舅舅把自己找了回来。朱小海也恨自己现在这个后爸，成天吹胡子瞪眼的像头老倔牛，老爱跟母亲吵不说，现在又冲自己干上了。老东西，你算是干啥吃的？想骑在我们娘俩脖颈上作威作福？没门儿！

　　朱小海正胡思乱想着，只听后爸一声吼："快起来，下钩！"

　　朱小海没办法，只好一骨碌爬起来，学着后爸的样子，帮着把鱼钩都放了下去。

　　不一会儿，便有鱼咬钩，朱小海忙使劲往上一拽，一下拽起一条两尺多长的大鲅鱼。眼看都要拎上船了，却又被它挣脱钩逃跑了，恨得后爸骂起来："笨蛋，真是个猪脑袋！有那么起钩的吗？"

　　后爸告诉朱小海，起钩得缓缓用劲，太猛了容易脱钩，不等鱼出水面就得下抄网兜。他边说边示范，瞬间便将一条大鲅鱼抄进网兜，倒进了船上的鱼池里。

　　做完这一切，后爸得意地朝朱小海一瞥，训斥道："干活动点儿脑子，别像个笨猪似的。还读过书呢，那墨水喝脚后跟去了？

白长那么大个儿！干啥啥不中，吃啥啥不剩！"

朱小海懒得跟他废话，只白了他一眼，心里不服气地嘀咕道："神气个屁，不就会抓几条小鱼吗？这破活儿也能算个本事？还用学？闭着眼睛都能干！"

朱小海虽然心里不服，可还得学后爸的样子做，果然很快便将一条条大鲅鱼都捞了上来。

看到鱼池里很快就游满了鱼，朱小海的心情这才好起来。此刻，后爸更是开心得意，只见他抓起一条大鲅鱼，用打火机一点，那鱼尾巴竟然被点着了。

"好！"后爸赞道，"燕鱼头，鲅鱼尾，果然油性大。今儿中午，咱爷儿俩就炖这条大鲅鱼。"

后爸人很讨厌，但炖出的鱼却很香。朱小海早就饥肠辘辘，见到这喷香的鱼更是馋涎欲滴。他满满盛了碗米饭，刚想吃，不料却被后爸一把夺下了。

"这么大小伙子了，一点儿吃饭的规矩都不懂！"后爸瞪了他一眼，将满满一盅酒递了过来。

朱小海说："我不会喝。"

后爸说："不会喝也得喝！端这碗饭成日价风里雨里的，不学着喝点儿酒，不等着做病吗？快喝了！"

朱小海见自己连吃个饭都受这样那样的限制，心里更加生气，赌气接过那盅酒，一仰脖便倒了下去，顿时被辣得直吸凉气，后爸在一旁却"呵呵"笑了起来。

吃过饭，后爸说："你小子给我仔细看着点儿，有事赶快招呼我。"说完，他头一歪，便"呼呼"睡了过去。

现在，茫茫大海，孤孤单单只剩下朱小海自己了。朱小海顿时胆怯起来，他望着这波浪翻滚的大海，总觉得那滚滚波涛下似乎隐藏着什么恶鱼海怪，好像随时都会从大海里扑上来……

蓦地，朱小海见一条鱼又上钩了，他刚要过去收，小船却像突然启动的火车似的,"咣当"猛一窜,一下子把朱小海晃了个趔趄。还没等他明白是怎么回事,那小船便像安上了高速发动机似的,突然"嗖嗖嗖"地朝前猛跑起来。

朱小海只愣了一下,便马上反应过来,知道这是钓上大鱼了。他趔趔趄趄地跑到船头一看,见水下果然隐约有个黑魆魆的庞然大物,正拖着小船拼命往前跑……

见这情景,朱小海虽然又惊又怕,但更多的还是兴奋和激动,他想叫醒后爸,但只瞥了一眼便立刻打消了这念头。朱小海心想:这老东西! 你不是瞧不起我么? 这回我单独把这条大鱼弄住,让你开开眼。

想着,朱小海暗暗操起鱼叉,瞅准机会便猛往下叉。只听"咚"的一声,鱼叉一下叉在大鱼身上。那大鱼被叉疼了,猛一甩尾巴,那门板似的巨大尾巴一下砸在船头上,小船被砸得一阵剧烈颠簸,朱小海忙紧抓住船帮,才没被甩到海里。

这回朱小海可不敢再逞能了。他回头要喊后爸,却不料后爸早已站在他身后了。

此时,在朱小海的眼里,后爸简直变成了一个横刀立马的斗士,只见他圆瞪着眼睛,手持一把锋利的鱼叉,挺立在颠簸摇摆的小船上,身子不摇不晃,浑身的肌肉一块一块都鼓胀起来。他是在聚集力量,准备进行殊死的拼杀。

这时,那大鱼又猛往上一蹿,只听"嘎嘣"一声,那钩着它的结实的尼龙鱼线一下就扯断了。但也就在这一刹那,只听后爸"嗨"地一声怒吼,手中的鱼叉早似出膛的炮弹猛飞过去,"咔嚓"一声便深深扎进了大鱼的脊背,周围的海水顿时泛起了片片血红。

大鱼负痛而逃,但那带着倒须钩的鱼叉却仍牢牢扎在它身上,而拴在鱼叉杆上的粗硕结实的尼龙绳则牢牢缠绕在后爸的手腕上,所以,无论大鱼往哪里逃,都始终在后爸的牢牢控制之下。

朱小海被刚才那激烈的搏杀惊呆了,直到这时才清醒过来。

猛地,他发现大鱼正不怀好意地拖着他们朝大海深处去,朱小海慌了,忙朝后爸望了望。然而后爸却毫不理会,依旧不时调整着手腕上的尼龙绳,与大鱼周旋着,大有不彻底擒获誓不罢休的架势。

而那大鱼哪里肯乖乖束手就擒呀,它依旧拖着小船"呼呼"地直往大海深处跑。

这时候,海浪越来越大,海的颜色都由蔚蓝变成了疹人的暗黑色了,朱小海沉不住气了,带着哭腔朝后爸喊道:"快放了它!要不,拖进深海咱都得完蛋!"

但是,后爸连头都不回一下,依旧死死盯着那条大鱼,丝毫也不放松。

朱小海过去听过许多守财奴的故事,今儿可算见到这个活生生的要财不要命的守财奴了。他知道,再不果断行事不行了,便蓦地抽出太平斧,奔了过去。

后爸问:"你想干啥?"

"把尼龙绳砍断!"朱小海斩钉截铁地说,"我不能要财不要命。"说罢,他举斧便要砍,却被后爸一把夺了过去。

后爸眼珠瞪得血红,他几乎是从牙缝里进出一句:"你给我滚!"飞起一脚,凶狠地将朱小海踹倒在船甲板上。

朱小海火了,爬起来要与后爸拼命,却见后爸突然又一声猛喝,手起斧落,又一斧子狠狠劈在了那大鱼的身上。顿时,海面上又浮起大片大片的鲜血……

终于,那大鱼不再往前游了,没一会儿,便软软地再不动了。后爸这才扯起帆,拖着大鱼朝回走。

后爸真不简单,在朱小海的眼里,这会儿简直就是一个英雄!他不禁为自己刚才的惊慌失措而羞愧万分,他难为情地一会儿看看船后拖着的大鱼,一会儿又抬头望望后爸,两人都会心地笑了。

前面已经出现海岸线了,朱小海突然想起,后爸出海前对母亲说过要三两天才回去,便问:"这儿鱼这么多,咋不钓了呢?"

后爸说:"见好就收吧,要不鲨鱼群嗅着血腥跑过来,不但这大鱼保不住,连咱俩小命都得交待。"

靠岸后,那条大鱼很快便被人高价收购走了。后爸点完厚厚一摞钱,抽出一半甩给朱小海:"别乱花了,留点零用,其余给你妈。"

朱小海听话地点点头,说:"上小酒馆喝两盅呗,我请客。"

"拉倒吧!"后爸一摆手,"还是早点儿回家,省得你妈惦记!"

于是,爷儿俩便摸黑朝家走去。

但是,他们回到家,却怎么也叫不开门。

好一会儿,门才勉强打开,只见母亲和一个男人耷拉着脑袋走了出来,朱小海一眼认出,那男人正是自己那狠心的亲爸。

就在朱小海愣神时,黑暗中已响起了清脆的耳光,后爸打跑那男人,又恶狠狠地扑向母亲。

"爸!"朱小海猛一声喊,同时又像头发怒的小雄狮,护在了母亲的面前。后爸望望朱小海,虽然眼里仍喷着火,但终究还是强抑下了,只恨恨地一跺脚,走了。他又回到那小渔船上,默默地望着那轮明月出神。

突然,他听到有"嗵嗵嗵"的脚步声,一回头,见竟是朱小海。他忙擦擦眼,不错,正是朱小海!

"爸爸!"朱小海有些难为情然而却是很响亮地喊了他一声,将一包熟食放在甲板上,又从怀里掏出一瓶酒,给他满满斟上了一杯。

朱小海突然觉着自己已经长大了。今晚,他要好好陪陪后爸。不,是陪自己爸爸好好喝两盅!

(夏英恒)

(题图:刘斌昆)

回老家

　　云岭机修厂有个退休老工人,解放前只身一人从河南开封逃到云南,人称"老河南"。不知什么原因,半个多世纪过去,他一直没有回过老家。人老了,思乡之情一天比一天强烈……老河南的儿子"小河南"见父亲整日愁眉苦脸,便主动提出代父亲回老家一趟,条件是要老河南"赞助"全部差旅费用。

　　老河南犹疑了几天,最后还是拿出一万多元,高高兴兴地"赞助"给了小河南。小河南一走,老河南就开始坐卧不安、望眼欲穿……半个多月后,老河南终于盼来了小河南!

　　小河南不虚此行,他不仅给全家人带来一路上的见闻,还给父亲带来一包黄沙、两袋花生、一张开封市旅游图、一本《开封市文物胜迹》……别小看这些普普通通的东西,在老河南眼里,它们都比金子还金贵。小河南故意操着一口河南腔,摇头晃脑地说:"爹,这都是俺开封的东西,地地道道的家乡货!"

老河南小心翼翼地接过这些东西,急急忙忙捧进他住的小屋,整整齐齐地放了一桌子。他生怕别人打扰,特意闩上门,戴上老花眼镜,对着桌上的东西如痴如醉地看着。小屋里静悄悄的,屋外谁都不敢大声说话,生怕惊扰了老河南,要知道,老家在老河南心中,那可是重如泰山呀!

小河南清楚地记得,父亲对河南老乡从来都是肝胆相照、奉为上宾的。记不清有多少次,父亲领来过偶然相遇、素不相识的老乡,讨饭的、做工的、卖药的,三教九流都有,领到家里大吃大喝,临走还送他们钱粮、衣物。那时家里兄妹多,日子过得紧巴巴的,父亲全然不顾,总是倾其所有款待那些不速之客。有一次,父亲领来一个要猴的老乡,好吃好住了十几天,等那家伙不辞而别后,才发现家里惟一的一块手表不翼而飞了⋯⋯父亲毫不后悔,说:"都怪老家穷啊!要饭的、做工的、要猴的、卖老鼠药的,十有八九是俺河南人,穷哪⋯⋯"他还是老样子,时不时地领来河南老乡,差不多把家里办成了"河南难民收容所"⋯⋯

老河南躲在屋里大半天不见动静,老伴不放心,派孙子当探子,从门缝中窥探。孙子一会儿报告:"爷爷在看地图,一个劲地看!"一会儿又报告:"爷爷在看书,还闻黄沙,一个劲地闻!"最后,孙子悄悄报告:"爷爷哭了,光流泪,不出声。"完全可以想像得到,此时此刻,老河南见物生情,思乡心切,必定是老泪纵横、泣不成声。小河南望着父亲紧闩的房门,心头一阵阵发紧,暗暗大骂自己:你这个不孝之子,王九蛋他哥哥——王八蛋!

这是为啥?原来,小河南根本没去河南,而是拿着"赞助"跟几个朋友到广东做生意去了。工厂不景气,小河南下了岗,听说沿海能发大财,他想去碰碰运气,结果生意做砸了,落得个人财两空。那些"家乡货",其实都是朋友帮他弄来的。

　　第二天，老河南恢复了平静，单独"召见"小河南："给我说说老家。"这难不倒小河南，他从小听父亲反复说老家的故事，对老家的一切都很熟悉，何况他早有准备，于是便将父亲以前说过的、电视报纸上看到的以及各种和老家有关的道听途说，添油加醋地重新说了一遍。老河南一本正经地坐着静听，那专心致志的样儿，跟当年儿子听他讲老家的故事一模一样。

　　小河南说完，老河南开始提问："怎么，没照几张相片？"小河南扯了个谎："照了，不小心曝光了。"父亲虽然十分惋惜，幸好没有刨根问底，小河南轻而易举地躲过了一道险关。

　　接着，老河南问了一些鸡毛蒜皮的事情："记得村里家家都栽有枣树，你见到没有？"小河南小心翼翼，说得有鼻子有眼："见到啦，爸，这黄沙……就是在您小时候栽的那棵枣树下抓的。"他有些紧张，提心吊胆，不知父亲还会问出什么刁钻古怪的问题。

　　老河南说来道去地绕了半天，冷不防问道："见到一个叫大秀的女子……不，一个老太婆没有？"小河南一怔：记得父亲说过，他从小父母双亡，是奶奶一手将他养大，此外再没有任何亲人，怎么又钻出一个"大秀"？他不知该怎么回答，愣了片刻，突然灵机一动，装出什么都知道的样子，说："爸，村里是有几个老人说起过大秀……这到底是咋回事？"

　　果然，老河南上当了！他一听村里人说起过大秀，立刻心里发虚，沉吟片刻，似乎是要为自己辩解，主动说开了："唉，都怪我一时糊涂……大秀是个麻子，五大三粗，我奶奶非要逼我娶她……我当时年轻气盛，嫌她太难看，结婚三天，干脆一跑了之。后来我去信叫她改嫁，一直没有收到回信，也不知她改嫁了没有？如今我老了，越想越觉得对不起她，心里有愧呀……"话没说完，他已是泪流满面，无法再往下说。

　　小河南这才恍然大悟：怪不得父亲一直没回老家，原来是有这么一块心病！父亲一直说他当年从河南跑到云南是逃荒，原来是逃婚啊！儿子想方设法欺骗父亲,父亲却老老实实"交代"出在心底隐藏了半个多世纪的秘密,父亲的厚道让小河南无地自容,真想抽自己几耳光。他想给父亲一点安慰,便鬼使神差地说:"爸,我听村里的老人说,您走后不久,大秀她就……改嫁了。"

老河南精神一振:"她还活着?"小河南随口搪塞:"活……活着。"

"真的? 这就好了……"老河南如释重负,长长舒了一口气。从这以后,父子俩见了面都躲躲闪闪,心照不宣,对老家的事极力回避,闭口不谈。从这以后,老河南每天都要摸摸黄沙,看看旅游图,翻翻老家的文物胜迹书。旅游图上,老家城南一个标有"大锅屯"的小圆点,不久便被他粗糙的手指磨得一片灰白:那就是他的老家,他心中的圣地! 有一天,他掂着那包黄沙,挺吓人地宣布:"我死了,把这放进骨灰盒!"

压在心上五十多年的石头搬开了,老河南浑身轻松,整天乐呵呵的;而一向嘻嘻哈哈的小河南,却自己给自己心头压上了一块沉甸甸的大石头,不知哪年哪月才能搬开……

一天,老河南拿出一直舍不得吃的花生,特意买了一瓶"开封大曲",独自开怀畅饮,喝着喝着"扑通"倒下……小河南正好又到广东做生意去了,等他闻讯赶回,父亲已经火化,母亲正准备将那包黄沙放进骨灰盒,小河南见状,一把夺过黄沙,跪在骨灰盒前声泪俱下:"爸,我欺骗了您! 这包黄沙不是黄河黄沙,不是在枣树下抓的,是在海边抓的……海沙!"

母亲扯起了小河南:"唉,你这个孽种! 你什么也不用说,你爸心里一清二楚,临终前,他都跟我说了,包括那个……大秀。"原来,老河南从小河南口中得知大秀的下落后惴惴不安,于是给老家寄去一笔钱,请村委会转交给大秀。谁知,村委会来信说,大秀早在解放前就饿死了……正是接到来信的这一天,他心里不痛快,喝多了酒,一不小心命归黄泉。老河南明知黄沙是假的,临死前仍叮嘱老伴一定要把黄沙放进骨灰盒,他说:"年轻人谁不干点傻事、蠢事、糊涂事?儿子还年轻,别让他像我一样,背一辈子包袱。"

几天以后,小河南捧着骨灰盒登车启程,直奔河南,他要让骨灰盒里装进真正的黄河黄沙。老河南终于实现了回老家的夙愿,尽管这一天来得太迟太迟……

(吴　天)

(**题图:**箭　中)

孩子他爸

　　市里举办了一个书画展,观众络绎不绝。展览中有一幅画,画面上洪水滔天,淹没了地面,连树木也被洪水吞掉了,只留下水面上零星竖着的几根树枝;一个母亲浑身湿透,头发凌乱地贴在脸上,大水已经淹到她的腰部,她前弓着腰,努力推着一块木板,木板上坐着一个两三岁的小孩子……

　　看到这幅画的观众,都被画面感动了。有人感叹:"好伟大的母亲啊!"有人赞扬:"母爱的力量是无穷的!"还有人为母子俩祈祷:"但愿苍天保佑,愿她们平安度过灾难……"

　　有一个中年妇女,一直站在这幅画的前面,定定地看着画。听到别人的议论,她皱着眉头,不住地摇头:"不对,不对的……"可是,没有人注意她。

这时,有个年轻的姑娘叫了起来:"咦?画面的标题怎么是《孩子他爸》? 不通呀!"姑娘的话引起了其他人的注意,大家一看,果然如此,也露出了疑问的神情。那中年妇女松了口气,似乎看到一线希望。

又有人叫道:"我发现一个问题,你们看,洪水都已经盖过树叶了,怎么可能只淹到画面上这位母亲的腰部呢?"中年妇女更高兴了,带着一丝开导的语气说:"对呀,怎么会这样呢! 你认真想一想啊!"有人不以为然地说:"树叶比较远嘛,可能远处的水深呀!"

观众们议论了几句,找不出更合理的解释,也就走开了。

中年妇女眼睁睁地看着一个个离开的观众,似乎再也忍耐不住了,她一把摘下镜框,取出那幅画,从身上掏出一支画笔,很快将那个母亲涂成一片黑色。别的观众叫起来,保安跑了过来,但中年妇女已经完成她的动作,把画重新挂到墙上。保安要把中年妇女当成闹事者赶走。中年妇女大叫了起来:"你们不能赶我,我是这幅画的作者,我有权修改自己的作品!"

经理来了,明白怎么回事以后,气冲冲地对这名中年妇女说:"就算你是这幅画的作者,画已经参展,暂时你无权随意删改!"中年妇女不服气地嚷道:"别人误解了画的意思,所以我要修改……"

这时候,很多人围了过来。经理查了那妇女的证件,她果然是这幅画的作者,心想:这里面或许有隐情,这样闹下去只会把事越搞越糟。经理于是摆了摆手,让保安走了,自己也远远看着,准备等画展结束再和她谈谈。

接下来,中年妇女倒是没有其他的举动。后面的观众看到这副"新画",都有些奇怪,孩子坐的木板后面,一团黑乎乎的是什么呢? 木板上还隐约可见两只手在推着。有人说:"一定是孩子的父亲或母亲在推着孩子走!"有人说:"或者这就是作者留下一片空白,给人一种想象的余地吧……"

"错了,错了!"中年妇女不住摇头,脸上的神色越来越失望。

这时,一个小青年说:"我看这幅画主要是在表现一个幼小生命强烈的求生欲望,使人产生震撼……"周围的观众听了,纷纷点头。

中年妇女却再也听不下去了,她冲上前,再次从墙上取下那幅画,掏出笔"刷刷刷"几下子,将画面上那个孩子也涂成一团漆黑!这下,画面上的母亲没有了,孩子没有了,只剩下一块木板漂在水面上。经理在一边连连摇头,心想:这个女人一定是精神有了问题。

后来的观众都觉得这幅画不可思议,画面上这两团黑影算什么呢,哪里还有一点艺术性?这幅遭到两次"大手术"的画已经引不起别人的观看兴趣,过往的观众瞄一眼就走了。

直到傍晚,中年妇女一直寸步不离地守在那里,现在的她和那幅画一样,孤零零地呆在一个角落,没有人愿意多看一眼。

展厅的广播响起来,画展就要结束了。这时,中年妇女像是终于下定了决心,快步走到展厅中央,挡在准备离去的观众前面,大声说道:"各位先生,各位女士,请允许我耽搁你们几分钟时间,解释一下这幅画好吗?"

观众都停住脚步,诧异地望着她。中年妇女说:"我就是这幅画的作者,画面上是一个真实的故事,画面中的母亲就是我,那个孩子也就是我的儿子。"观众们顿时安静下来,静静地听着下文。

中年妇女回忆起了那个永生难忘的场景:"当时,大水铺天盖地涌来,连一些房屋都被淹没了,何况是人?为什么画面上的洪水只到达我的腰部呢,因为我的下面有一个人在用肩膀驮着我,他就是我的丈夫,我孩子的父亲!我骑在丈夫的脖子上,他那样顶着我,在水底一步步地走着,把我和孩子送上高坡,他自己却消失在水中,再也没有上来……现在,你们知道我为什么要把自己和孩子从画面上涂掉了吧？因为,这幅画的主角不是我们,而是孩子他爸……"中年妇女说到这里,低低地呜咽起来。

展厅里的很多人都无声地流下眼泪,站在最前面的展厅经理第一个脱下帽子,冲着画面上那位看不见的父亲,深深地鞠了一躬。接着,所有的人都对着这幅画深深弯下了腰……

(芦宏伟)

(**题图**:黄全昌)

扔砖头

　　张森被村民选上当了村主任,哼着小曲回到家里已是月上树梢。

　　他老婆从大喇叭的广播中得知自己男人让她成了村里的第一夫人,早激动得炒好了菜温好了酒做好了饭,让孩子做好功课吃了饭睡去了,她想今晚好好犒劳犒劳自己的男人。

　　张森这几年不容易,从部队复员后,就甩开膀子把所有的气力都用在了过日子上。当过兵的人就是不一样,做什么事情都像打仗,有勇有谋,弄出了不少新花样,种大棚,养蛤蟆,几年奋斗下来,票子房子车子妻子孩子都有了。什么车?农用拖拉机呗,这东西除了在地里显神威,还能又载人又载货,可实用哪!如今,他又坐上了村主任的位子,这不就是六子登科了嘛!

张森心里高兴,于是就多喝了几杯,酒足饭饱,他把老婆往怀里一搂,伸手拉灭了灯刚要睡,突然听到"扑通"一声,像是一块砖头砸在了自家院子里。

"谁个挨千刀的!"老婆是个直性子,刚想破口大骂,张森一把捂住了她的嘴:"吵吵个啥,咱现在身份不一样了,让左邻右舍知道了光荣?"

张森这时候脑子里乱乱的,他想起了前任村主任赵老二,因为当不好家,夜里老有人往赵家院子里扔砖头。可自己今天才上任啊,是谁这么快就来扔自己的砖头了?难道是赵老二今天落选了心里不痛快,扔几块砖头出出心里的窝囊气?可说起来赵老二还是自己的姐夫哩,不至于这么不讲人情吧?

要不就是钱寡妇?前天自己的农用拖拉机在地里调头时压坏了她家十棵小白菜,钱寡妇嚷嚷着硬要自己赔十棵大白菜的钱,当时没理她,扔下五元钱就走了,闹了个半红脸。对了,兴许是孙老头?孙老头前两年承包了村里的果树园,没想今年收益特别好,所以合同还没到期,村里就有人眼红得想出高价承包他的园子,就连村委会也想毁约,莫非孙老头这是在给自己扔"警砖"?再可能就是李大伯了,李大伯的三个儿子哪个都不咋孝顺他,村里不知给他们调解了多少次,可都不管事……

张森心里七上八下,就这么猜来猜去地在炕上"烙起了烧饼"。

第二天,张森起了个大早,郑重其事地把院子里的砖头拿进屋里放好,随后喝口粥就出了门。他先到钱寡妇家赔礼,又去孙老头那儿给他吃继续承包果树园的"定心丸",随后来到李大伯家,叫人把他那三个儿子找来,一条一条让他们制定赡养李老伯的计划。

整整忙了一整天。晚上,张森刚拉灭了灯躺下,这时候"扑通"一声又响了,不用说,肯定又是一块砖头砸在了院子里。

张森老婆气得就差冲出去逮人了,硬是生生地被张森给拉了回来。张森又琢磨开了:这又会是谁扔的呢?周叔?对了,周叔的责任田离家远,家里的劳力少,他自己身体又不行,找村里调多少次了都没成。吴嫂子?吴嫂子的儿子前年给村里盖房时砸坏了手,村里要给的补偿费到现在还没算清。郑校长?小学校的房子都快成危房了,村里没钱,就说让他先凑合凑合,可这一凑合就是两年。

张森睡不着了,拉亮灯,找来笔,在本子上把这些事一一记了下来。第二天,他把砸在院子里的砖头又放进了屋里,然后又忙了一整天,一件事一件事地落实。

晚上,张森累了,倒头就想睡,谁知"扑通"一声砖头又砸进来了。还有啥事?这回张森索性从村东头的王家想到村西头的蒋家,从村南头的沈家想到村北头的韩家,一家一家地想,一家一家地记,隔天就一件一件地去落实。他这才发现,有许多事看似很难,其实只是因为没有去做,真正动脑筋了,办法很多。

不过,这砖头到底是谁来砸的呢?张森心里一直在想。

到了第四天的晚上,张森看看屋子角落里的那三块砖头,对老婆耳语了几句,便悄悄从屋子外的一侧爬上了院墙。他示意老婆拉灭了灯,果然就看见一个人其实早就蹲在那里等着了,"扑通"往院子里扔了一块砖头后扭头就走。张森刚想跳下去拽住他问个清楚,却突然愣住了。为什么?那个人走路一高一低的样子他太熟悉了,那是全村唯一一个瘸子,是他的爹呀!爹的腿是年轻时为村里垒猪圈时跌的。

张森当村主任,爹在为他用心思呀!

（郭　强）

（**题图**:安玉民）

为爱留住这一天

　　这天一早,祥瑞集团老总周天祥的手机就响了起来,他刚接通,电话里立刻传来一个妇女惊慌失措的哭声:"大侄子,你妈她、她……她走了,刚走的。你、你们快回、回来……"

　　一听老母亲去世了,周天祥这个已经当爷爷的半老头子,竟像个孩子似的哭了起来。

　　在周家,周天祥是老大。他十几岁时父亲就没了,是母亲一手把五个子女拉扯成人。如今,他们个个在各地成家立业,十分风光。他们原想把老人接到城里,让她享享清福,可老人坚持守着老家几间老屋,不肯进城。无奈之下,他们只得请本村李婶照顾老人,并在老屋装上电话,以便老人与子女们通话联系,没想到老人家突然去世了。周天祥无法接受这个现实,儿时的一幕幕又浮现在眼前:母亲的音容笑貌,母亲为了他们兄弟姊妹忙里忙外、吃糠咽菜的情景……想到这些,周天祥就鼻子发酸,不禁潜然泪下。

周天祥立即先后拨通了三弟、五弟、二妹、四妹的电话,哽咽着把母亲去世的噩耗告知他们后,就带领全家,由司机驱车开往老家乌鸡岭去了。

回家的途中,在车里周天祥先拨通了市殡仪馆馆长的电话,请他明天派一辆车到他老家,车子要气派,要全用鲜花装饰。他准备组织一支车队,浩浩荡荡、风风光光为母亲送葬。接着,他又拨通市乐队的电话,让他们把乐队全班人马拉到他老家,说他母亲过世了,要丧事喜做,传统乐队与现代乐队都要,要唱戏,要演三天唱三天。最后,他拨通大富豪酒家老板的电话,让他准备五十桌酒席。周天祥做了这些安排后,不觉斜靠在车椅上困困地睡着了。

转眼车到了家门口,周天祥从车里钻了出来。尽管他有好几年不回老家了,可那老枣树、土坯墙、小桥流水、鸡鸭牛羊还是那么熟悉;老屋的气息还是那么浓烈、清晰。周天祥迈进老屋院里,一抬头,他呆住了:只见老母亲正好端端倚靠在祖上留下的老藤椅上打盹。周天祥脱口喊道:"妈,您……您……"他想说,您老没死啊!但话到嘴边又咽了回去。

老太太听到声音微微睁开双眼,当她看到大儿子站在眼前,浑浊的双眼立刻放出光彩。她支撑着要坐起来,周天祥忙跨上一步扶她坐好。老太太撇了撇没牙的嘴笑了,边笑边说:"大子,你怪妈没死吧?俺老了……这几天老梦到你爸,俺想俺也快去下面见他了……唉!好长时间没见到你、二丫头、老三、老四、老五,还有大孙子小伟、孙女小燕……"老太太顿了一下,又缓缓说道,"俺想你们,俺想见见你们,不要怪李婶,是俺叫她骗你的。俺死了,你们只能见到没有气的俺、冰冷的俺,可俺却看不到你们了……"说着两颗泪珠顺着凹陷的双眼滚落下来。

周天祥见了,鼻子一酸,"通"地跪在老太太跟前,哽咽着说:

"妈,都怪我们没常回来看您……妈,您别难过,今天大家都会回来,您老好好看看吧……"老太太用袖口抹了下眼角,笑了:"大子,起来,俺叫隔壁王大爷的孙子小山给小伟、小燕摘了好多甜枣。唉,有时人穷也不是不好,你看王大爷一家虽然日子紧巴些,可儿孙都在身边,天天听到叽叽喳喳的笑声、叫声,妈好羡慕呀!"周天祥沉默了,心里想:周家是村里最让人羡慕的一户,五个子女都事业有成、生活美满,可从来就没想过,大家都有了自己小巢后,谁来照顾这曾经抚育过他们的老窝!

这时,门外开始嘈杂起来,弟妹们开着小车纷纷到了家门口,这时五弟打来电话:"哥,下了沪宁高速该怎么走?"周天祥没好气地吼道:"人家都说老马识途、老狗识窝,你小子连家门都不知道朝哪儿开了……你回来得太多了……"老太太听到他的吼声,嗔怪道:"大子,看你又发脾气了,可别把小五吓着了,现在家乡变化大,不认识家……正常……"周天祥说道:"妈,这小子不骂他两句,他不会长记性,从小就大大咧咧,忘性大。"这会儿,回到家的儿女们都明白了原委,一路的悲戚一扫而光,一家近二十个人把老太太扶到院里,围着老太太,含着泪听她唠叨儿时的趣事。

老人唠唠叨叨一阵后,颤巍巍地摸出一只乌黑发亮的弹弓,对五儿子说道:"五子,妈怕你闯祸不好好念书,收了你的弹弓。妈为你保存了十五年,现在还给你。"五儿子一下子扑在老人怀里,像小孩一样呜呜哭起来:"妈,你打我吧,都是我不好,常常惹你生气……儿子早已不是当年的小捣蛋了。"老太太微笑着摸着他的头:"唉!小孩变大,大人变老,你们快做爸爸、爷爷了,哭什么? 跟个娃娃一样。俺能见你们一眼就足够了,你们都是娘心头的一块肉啊……二丫头,妈最爱听你读书了,来,给妈念一段。"做老师的二女儿含着泪花,靠在母亲肩头,仿佛看到当年的那个小丫头调皮地坐在妈妈的大腿上,拽着妈妈的围裙稚嫩地念:"鹅鹅鹅,曲项向天歌。白毛浮绿水,红掌拨清波……"老人听着两眼闪着欣慰的光芒。

这时门外传来汽车声,原来是市乐队的人马来了。一进门,乐队队长老王咋呼道:"咋,人没死,这咋整?"周天祥一把把他堵在外头,斥道:"你小子嚷什么,你咒我妈死啊,就不能唱喜庆的戏? 我为我妈祝寿,行不?"老王忙不迭地说:"行,行,你们儿女孝顺,俺打八折,弟兄们开锣噢!"一会儿门外响起了喜庆的《金蛇狂舞》,歌手唱起了《妈妈的吻》。村寨的人都来了,围了满满一院子。老人咧着嘴笑了,多少年没有听戏了,今天在家门口一定好好听听……

周天祥站起来,面向弟妹和邻居们高声说道:"各位父老乡亲,俺妈为俺们操劳了一辈子,俺们翅膀硬了,都飞了。平时拖到逢年过节……逢年过节又忙着自己小家的迎来送往,妈、老屋反而成了被遗忘的角落,反而非要等到老人走了才能聚到一块,忙些给外人看的、毫无意义的事,是我们这群小白眼狼对不起她老人家。今天请各位弟妹关掉手机,好好陪妈,陪妈过一天……"他话音未落,周围便响起了热烈的掌声。

热闹了一阵,老太太觉得有些困了,便斜靠在藤椅上打起了盹。周天祥忙脱下外套,轻轻给老人披上,就像小的时候母亲无数次为他披被子一样。周天祥的孙子在外面直嚷嚷:"爸,这是什么啊?"周天祥的儿子骂道:"笨蛋,这是鹅。"周天祥走出老屋,摸了一下孙子的脑袋说:"不能怪孩子,我们早应该带他们回家来看看奶奶,看看老家才有的景和物。"儿子低下了头:"爸,奶奶为我们太操心了……"小孙子嚷道:"我要带太奶奶到城里吃肯德基……"大家一听都笑了。

笑声中,忽然小孙女小燕喊道:"爷爷,太奶奶睡着了……"大家都跑回屋里,只见老太太脸上挂着满足的、幸福的笑容,已经永远永远地睡着了……

（张科成）

（题图:黄全昌）

爸爸的惩罚

　　大学毕业后，相楠和同在一个班的郑长宇确定了恋爱关系。相楠是家里的独生女，家住北京，父母都是高干，而郑长宇则来自大西北一个偏僻的小山村。对于他们的婚恋，很多人不理解，好在相楠的父母比较通情达理，见女儿对郑长宇一片痴情，也就默许了。

　　眼瞅着就到年底了，相楠提出要跟郑长宇回乡下过年，见见未来的爸爸。她知道，郑长宇母亲死得早，是他的父亲将他和妹妹拉扯大的。

　　郑长宇一听，先是惊喜万分，可随即眼神就暗淡下来，头摇得像拨浪鼓一样。他推说家里穷，吃住都不方便，怕委屈了相楠。

　　相楠见郑长宇紧张的样子，不由得笑了，把头紧贴在他胸前，柔柔地说："你放心，我会像你一样爱你的家人……"郑长宇见此很受感动,便答应了相楠。

　　经过几天的旅途奔波,相楠随郑长宇来到一个只有三十多户人家的小山村。郑长宇的家,是一间低矮破旧的土坯房,紧靠村南,他们推开破旧的院门,一个老人正弯着腰在劈柴禾。郑长宇紧走两步,高声叫道:"爹,你瞧谁来了?"郑老汉一看儿子回来了,而且还带回个漂亮姑娘,慌得一下子扔掉斧头站了起来。相楠忙走上前,甜甜地叫了一声:"大伯!"老人一见相楠叫他,手都不知往哪儿放了,只是"嗯嗯"地答应着,扭头冲着屋里高声喊道:"长慧,快点,你哥回来了……"话音未落,打屋里就跑出一个人,是郑长宇的妹妹长慧,郑长宇忙把相楠介绍给她,长慧乐坏了,一进屋就拽了床被子铺在床上,让相楠坐了下来。

　　相楠尽管有十二分的准备,也没想到郑长宇家竟穷到如此地步。为了不使郑长宇和家人难堪,她竭力让自己随和一点,直乐得郑长宇一家人嘴都合不拢了。

　　第二天是年三十,吃过早饭,郑长宇给母亲上坟去了。相楠发现他们日子虽然过得穷,但忙起过年来却挺乐呵的,特别是郑老汉,因为相楠的到来,乐得都不知道做点什么好了。后来,他从一个木箱子里拎出半桶油,让长慧弄了一点萝卜丝子剁吧剁吧,和上一些白面,在院子里支起一口小黑锅,炸起丸子来。

　　一家人什么活儿也不让相楠干,可相楠看他们忙里忙外的,自己闲着很不自在,就围前围后给他们打下手。这时长慧拿出一件衣服,关心地说:"嫂子,别把你的衣服炝上油味儿,换上我这件吧。"

　　听长慧称她嫂子,相楠不好意思地笑了笑,换上了长慧递过来的衣服。

　　相楠很快就学会了炸丸子,而且她独揽了这项活儿。虽然手忙脚乱的,但心里却挺高兴。炸完丸子,相楠先浇灭了火,又把院里的东西收拾到屋里,最后端起锅把炸剩下的废油往墙角的脏水沟里泼去。可她刚泼完,还没来得及直起腰,臀部就被人重重地踹了一脚,相楠站立不稳,向前抢了两步,一下子扑倒在脏水沟里。

相楠惊恐地回过头,郑老汉正横眉立目地站在她身后,大声骂:"败家子!有你这么过日子的吗……"见相楠眼里含怒,郑老汉直愣愣地盯着她,立时停止了叫骂,涨红着脸,大张着嘴巴,"啊"了好半天,却再也没说啥,只是站在那儿直抖双手。

相楠长这么大哪受过这种委屈!她气坏了,哭着从地上爬起来,已是满身泥水,她也顾不得了,胡乱地划拉了些自己的东西,流着泪气呼呼就往外走……

郑老汉急得直跺脚,语无伦次地说:"这、这、闺女,你别走,听、听我说……"说了些什么,相楠一句也没听清。在自己家里,相楠虽然很少干家务活,可她见过保姆炸东西。炸剩下的油向来都是倒掉的。她恨自己到底是吃错药还是打错针了,竟来到这么个小气人家。此时,她恨不得马上离开这个鬼地方……

长慧不知发生了什么事,跟着追了出来,搜着相楠不让她走。就在此时,郑长宇也回来了,忙问出什么事了,相楠只是哭着要走,什么话也不听,什么话也不说。郑长宇只好追着相楠出了村,陪着她坐上了返程的火车。

回到北京,相楠对郑长宇说要重新考虑他们之间的关系。郑长宇落泪了,他说,他们村的人家,穷得根本买不起油,都是吃攒油。

相楠好奇地问:"什么是攒油?"

郑长宇说,他们村的人家每天都勒着腰带省粮食,省出点粮食或者小鸡下个蛋什么的,都拿到集上换点豆油,然后把油攒起来,家境好一点的人家一年能攒个十斤八斤的,留着过年炸点丸子啥的,他们村有个风俗,过年供奉祖宗必须有油炸物。炸剩下的油就留起来,做来年一年的吃菜油,家家都是这样的。

听了郑长宇的话,相楠心里有些酸楚,没想到,自己倒掉的是人家一年的吃菜油。可又一想,就是这样,郑老汉也不该踹她呀,自己毕竟是未过门的儿媳妇,无论如何也不应这样对待她。相楠爱郑长宇,但一想到郑老汉踹她那一脚,心里就特别不痛快……

这天郑长宇来找她,一进门,他就给相楠跪了下来,哭着说他的父亲病得很重,妹妹来信说,父亲特别想见见相楠,要不死不瞑目!

相楠暗暗吃惊,郑老汉那么硬实的身子,才一年的时间,怎么就快要死了? 说心里话,她实在不想再见到那个野蛮的老汉,但在郑长宇的苦苦哀求下,她心软了,答应再跟他回一次乡下。

郑老汉躺在破床上,已是瘦得皮包骨头,一脸的菜青色。他一见相楠来了,顿时流露出惊喜的神情,喘息着说道:"闺女,那天,你穿了长慧的衣裳,我看错了眼,以为是长慧那丫头糟蹋油,才踹了那一脚。我要知道是你,打死我也不会那么做啊,你来了好,我向你赔罪!"郑老汉说着,眼里滚着泪水,挣扎着就要从床上爬起来。

原来如此! 相楠忙上前按住郑老汉,不让他起来。相楠紧紧攥住他枯瘦粗糙的手,哽咽着说道:"老伯,是我不好,赔罪的应该是我……你得的什么病,赶紧治,缺钱有我呐!"

相楠话音刚落,站在一旁的长慧"哇"的一声哭了起来,说:"爸爸的病,都是他自己弄的,他有一年没吃油了……"

相楠和郑长宇不由得大吃一惊,急忙追问是怎么回事。长慧说,自从去年相楠哭着走后,爸爸就特别内疚,总是在责备自己,他时不时地敲着脑门骂自己混蛋。一开始,家里没有油,炒菜根本不放油,不久哥哥寄钱买了油,爸爸也坚决不吃,他就是用这种办法来惩罚自己,向相楠表达忏悔之情……

相楠的眼泪再也止不住了,她哭着说道:"爸爸,你快快好起来,咱们还炸丸子吃,我给你炸,我再不会把油泼了……"

(胡秀欣)

(题图:谢 颖)

一块红布蒙住天

　　一个多月前,老孙突发脑溢血,被抢救过来后成了植物人,躺在医院病床上,靠药物维持生命。孙家的儿子孙传灯和儿媳都是国营工厂的普通干部,家境不富裕,根本伺候不了这类病人:请特护,就要请两名,二十四小时倒班,每天要收费一百元,加上父亲只是个一般退休职工,每天不能报销的医药费又有一百元,一天就要自费二百元,一个月就要六千元。虽然父亲名下还有五万多元的存款,孙传灯自己也稍有积蓄,但杯水车薪,天长日久,实在是负担不起啊!

　　老孙的主治医生戴大夫是孙传灯的小学同学,这天晚上,在大夫值班室,戴大夫再一次劝孙传灯:"传灯,我私下里和你说句掏心窝的话,你爹已经脑死亡,你何必还要这么拖着?非要挨到钱花光了,服侍的活人也拖垮了,难道这就叫孝顺? 你看看你爹病的这些天,你瘦成啥样了? 再不果断点,我看你得走到你爹前头喽! 我和你是同学,不管什么时候,只要你说一声,我可以马上把药停了,有什么责任我担着,这样,没多少时候,老人家就能安详地走了……"

"我娘死了,我只有一个爹了,我爹又只有我这一个孩子……"孙传灯讲不下去了,他的鼻子一酸,酸甜苦辣一起涌上心头,呆呆地坐着,眼泪"刷刷"地往下流,他还是下不了决心呀!

第二天上午八点多,孙传灯骑车上街,看到一位摆摊的算命先生,孙传灯一向自诩是个无神论者,但现在他才知道什么叫病急乱投医,他停下车来,让那个算命先生给算一算。

对方听孙传灯说了父亲的情况,掐指算了一会儿,说:"像你父亲这种情况,是他的阳寿到了,但是该他享的福还没享完,所以他就成了植物人,什么时候把他该花的钱花完,他才会走。"

"那……有破解的办法吗?"

"当然有!"算命先生告诉孙传灯:看看父亲名下还有多少钱,替他用这些钱做好事,等钱都花了后,如果老人命不该绝,他自然会好起来;如果老人大限已到,他就会痛快地去了……

孙传灯这么一听,顿时觉得眼前豁然开朗了,他拿出二百元钱酬谢了算命先生,然后回到家,等中午妻子下班回来后就和她商量:父亲名下现在还剩五万多元钱,他还有幢私房,能卖个十万元。自己打算回趟老家,以父亲孙禄明的名义,用这笔钱在老家做点好事,给村子里接上水管线。等钱花光后,父亲若是还不走,就告诉医院放弃。孙传灯这样做,在旁人看来简直有点不可理喻:自家本身不富裕,为啥把父亲的钱这么花呢? 其实孙传灯是万不得已才这么做的,他说:"我不能让别人戳我脊梁骨,说我是怕花钱怕受罪,就不管父亲了;就算没人指责我,我的良心上也过不去。咱们就按算命先生说的,把老人的钱全为他花了,到时他仍是不走,咱们就按戴大夫说的做,这样也就问心无愧了!"

孙传灯的妻子是个通情达理的女人,加上她实在被公公这病拖累怕了——公公犯病以来,真是家不像个家,业不像个业,尤其是丈夫,瘦了十几公斤,被煎熬得不成个人样了。只要能尽快摆脱这个累赘,恢复以往的安宁、祥和,即使花些钱,她也认了,所以她只犹豫了片刻,就答应了。

孙禄明排行为二,乡下老家还有一哥一妹,孙传灯给他们打电话,说了这件事,谁知第二天一早,伯父和姑姑就连夜乘火车赶来了。他们先去病床旁号哭了一番,然后回到孙传灯家,一进门,伯父就拍桌砸凳地教训了起来:"我说传灯,你爹把你拉扯大,就是为了你这时候撒手不管吗?就算你穷,穷得比我们还穷,实在治不起,你爹好歹是个退休职工,公家能看着不管?现在倒好,你就这么放弃了?看着你爹死,传到老家去,我这伯父都没脸见人哪!"

姑姑也气愤地说:"养儿为什么?不就为了养老送终吗?你听医生胡乱说一句没救了,你就不抢救你爹了?我那二哥他死也不能瞑目啊!"

孙传灯痛苦得真想撞墙。这时,妻子出面了,她先把两叠钱放到两位老人跟前,含着泪说:"伯父,姑,这是二万元钱,伯父和姑每人一万元,这是我爹从前讲好的,说他万一有个三长两短的,得给您二老留下点钱。他好的时候,每月给您二老每人寄二百元钱,他说他死后,就没人给您二老寄钱了,所以要给二老一人一万元养老钱!"

两位老人愣了愣,顿时就不闹了。午饭后,他们已经彻底想通了,同意放弃治疗。各人家里都有一大摊子事,分不开身,当晚,孙传灯给他们打了票,他们就连夜回去了……

送两位老人走后,从火车站回到家,孙传灯问妻子:"父亲什么时候说过要给伯父和姑姑每人一万元钱了?"妻子说:"你爹病了,他们既不出钱又出不上力,凭什么还来闹? 不就是看你爹一死,每月那二百元钱没了吗? 反正你已经决定用你爹那些钱做好事了,给他们点钱也算做好事,赶紧打发他们走,让他们别闹了! 唉哟,我都快烦死了!"

孙传灯不由得把妻子一把拥在怀里,他是真佩服这个老婆,别看她平时不读书不看报,只爱照镜子,然后愤愤不平地质问孙传灯:她和那些女明星有什么区别? 凭什么她们当明星她却要天天去上班? 她可是天生就懂得怎样为人处事和打理人际关系,在单位上是公认的活络人,在做人上要比孙传灯强百倍。

孙传灯把父亲的房子卖了十万元,加上父亲存折上还剩的三万多元,于是带着十三万元回了老家十一图村。

十一图是个小村,多年前,县领导搞"村村通水工程",可刚轮到他们村,才把水塔建起来,那个领导就调走了。新任领导另辟蹊径,决定不搞"村村通水工程"了,要搞"村村通电工程",十一图村吃水问题就此搁置下来,没人管了。如今,孙传灯带了十多万回来,说是他爹孙禄明想着乡亲们吃水困难,来帮他们重建通水工程的,从乡到村,从领导到群众,都高兴坏了,乡里领导立即指示:要以最快的速度完成这个工程,于是施工队连夜进村,只用了不到七天,水管线便连接了起来,甘甜的清水流进了全村每家每户的水缸水池。祖祖辈辈吃水难的乡亲们感激之余,特地集资,在村头的水塔下竖了块碑,碑的背面记叙了孙禄明老人的事迹,碑正面的铭文则是:"致富不忘好政策,吃水不忘孙禄明。"市、县的记者闻风而动,纷纷前来采访孙传灯,孙传灯是个老实人,他实话实说,说是之所以做这件好事,是因为父亲得了绝症,他听了算命先生的话,看看这样能不能救父亲。文章见报时,记者都隐去了这个关键情节,避而不谈孙禄明的病,只夸赞一位普通退休老工人,省吃俭用,拿出十三万元来造福桑梓。

　　家乡的事料理完后,孙传灯归心似箭,回到城里,家也没顾上回,先去医院看父亲,一看,他失望了:好事做了,钱也花完了,可父亲却依然那样! 虽然他早已料到会是这结果,却仍忍不住号啕大哭了一场。

　　数日后,最艰难的时刻终于来到了! 在病房里,孙传灯跪在父亲病床前泪水涟涟,他梆梆有声地磕了仨响头,然后将父亲珍爱的一块红颜色丝织手帕放到了自己的袋里,留作纪念——那块手帕还是父母谈恋爱时,母亲送给父亲的,自从母亲去世后,父亲一直随身带着它。忙完了这些,孙传灯这才眼泪汪汪地对戴大夫说:"老戴,从现在开始,你停药吧……"

　　说完,孙传灯"哇"地一声痛哭,一头冲出了病房,跌跌撞撞地下了楼,走出医院,来到医院前那条街上。不知哪家店铺里,正在高分贝播放着一首摇滚歌曲《一块红布》:

　　"……那天是你用一块红布,

　　蒙住我双眼也蒙住了天,

　　你问我看见了什么,

　　我说我看见了幸福……"

　　孙传灯在林荫下的一张石椅上坐下,从兜里掏出带有父亲体温和气息的那块红手帕,把它蒙在脸上,开始"呜呜"痛哭:"爹,爹呀,我的爹呀,我再也没有爹了啊……"

(老　三)

(题图:谢　颖)

情谎

　　市第五医院住院部一间病房的门被轻轻推开了,走进来一位拎着个蓝色布兜的老头儿。他头发雪白,清瘦的脸上带着笑容。他走到一位半躺着的老妇人床前,那老妇人脸色发黄,满面倦容。看见老头儿,她的眼睛里闪出一丝光亮。

　　老头儿在床前的方凳上坐下,轻声问:"今天上午怎么样?"老妇人有些吃力地动了动身子,回答:"还行,打了一针。""这就好。"老头儿说着,从蓝布兜里掏出一个饭盒,打开,饭盒里一边是黏糊糊的小米粥,另一边是油汪汪的鸡蛋炒青椒。他把饭盒递给老妇人,站起来扶她坐直,又从上衣的左兜里掏出个不锈钢勺儿,在衣襟上蹭了一下,递给老妇人,轻声说:"吃吧。"

　　老妇人望了望老头儿,有些心疼地说:"以后你在家吃完了再给我送饭。你看,你这阵子也瘦了许多,脸色这么不好,你要多注意身体呀!"

老头儿一摆手:"半辈子都是你给我做饭,退休了,我也给你做做饭。嘿,将来官司打到哪儿咱们也是两不欠。再说,我的身体比你可强多了。"

老妇人舀起一勺粥,才送到嘴边,忽然又想起了什么:"我说,英子怎么样了?"

老头儿的脸上立刻显出兴奋的表情:"你不说我差点儿忘了。"他从兜里掏出一封信,递给老妇人,"这孩子有电话不打,尽写信,她好着呢!"

老妇人接过信展开,一个字一个字柔柔地念出来:

亲爱的妈妈爸爸:

非常想念你们。这段时间我忙得不亦乐乎,刚从济南回来,又要去深圳。整天开会啊、研究合同啊,可就这样,我还是胖了,都不敢上秤了,真没办法。

妈妈爸爸,看来只有过一段时间才能回来看你们二老了。现在通讯工具很发达,可我却不愿"言而无信",我觉得用文字更能表达我的情感和思想。

爸妈,你们要保重。

想念你们的女儿 英

老妇人看完,眼睛里充盈着泪花。她把信折好,放在枕头底下,体贴地说:"别让她回来,更不能让孩子知道我得了这么重的病,她会伤心的,请假回来也耽误工作。"

老头儿叹了一声,说:"孩子就像小鸟,长大了就要飞,咱们也不能把她拴在腰上啊!以后你感觉好点的时候,给她写封信,报个平安。"

老妇人流露出伤感的表情："也不知我这病能不能好哇,只怕是一天不如一天。"

老头儿倾过身子,伸手把已流到老妇人眼角的一滴泪抹掉:"你呀,想到哪儿去啦,你不好,我怎么办? 英子怎么办? 我们可不许你有个三长两短;再说英子都二十好几了,以后结了婚,还要让你给看外孙呢!"老妇人笑了。

"吃吧,一会儿凉了。"老头儿把饭盒再次捧给老妇人,催促着。

老妇人吃完饭,老头儿站起来,一边收拾饭盒,一边轻声地叮嘱:"你休息一会儿,晚上我再来看你。"他扶着老伴儿躺下,给她盖好被子,朝她笑笑,才轻手轻脚地离开病房。

老头儿出了门,从病房门外的休息椅上拎起一个绿色的饭兜,匆匆地下楼,坐上了公共汽车。两三站后,他下了车,走进了车站边的市第八医院。上了三楼,他在一个病房门口站住,把刚才那个给老伴儿装饭的蓝兜子放在门前的椅子上,定定神,脸上露出微笑。然后他轻轻地推开门,先向房里其他病人友善地点点头,接着走到一位二十多岁的姑娘的床前。这姑娘面色憔悴,头发有些蓬松。老头儿把绿饭兜放在床头柜上,一边打开一边说:"这些天,路上总是塞车,饿了吧?"他边说边往外掏饭盒。饭盒也是饭菜分装式的,一半是大米绿豆粥,一半是冒着热气的黄瓜炒肉片,还有一个咸鸭蛋。

姑娘挣扎着想坐起来,老头儿忙伸手小心地扶起她,把她身后的枕头挪了挪,让她半躺着。然后,老头儿从上衣的右兜里掏出一把花瓷勺,在衣襟上蹭了一下,递过去。姑娘看着饭菜,脸上露出为难的表情,说:"我不想吃。"

老头儿的目光里立刻流露出责备的神情:"人是铁,饭是钢,不吃怎么能行? 这都是你小时候最愿意吃的,有了病,一是吃药,二就是吃饭。"

姑娘顺从地接过勺子,一边慢慢地吃,一边问:"我妈挺好吧?"

"好,好。上午我把你写的信给了她,她看了说:'这孩子又胖了,以后看谁要她。'你妈呀,也忙得很呢,天天早上都出去扭秧歌,那身体棒得连我都赶不上啦。对了,她说过两天给你写信。"

姑娘脸上显出一丝苦笑:"爸,你多陪陪我妈,她身体不好,千万别让她知道我得了这么重的病,她会伤心的。等过几天我再给她写信。"她又看了看父亲,"爸,你也瘦了,你要注意身体呀!"说着,一颗泪珠从姑娘的眼眶里流了出来。

老头儿伸手给她轻轻擦去泪水,边撩起垂在女儿那失去血色的额头上的一缕黑发,边说:"你别想那么多,一心一意地看病,人没有过不去的坎。等吃完饭你睡一会儿,晚上我可能晚来会儿,你王大爷找我有点事。"

从女儿的病房出来,老头儿拎上两个饭兜,像来时那样匆匆地下了楼,又上了公共汽车。过了三站,他下了车。这里离他家很近,但他没有往家的方向走去,而是走进了相反方向的市第十医院。扶着楼梯,上了二楼,他轻轻地推开一间病房的门,走进去,像瘫了似的躺在一张病床上。不一会儿,医生走进来,给他挂上了吊瓶……

(推荐者:陈 亮)

(题图:安玉民)

依依夫妻情

　　世界上没有哪一对夫妻的婚姻生活会是风平浪静、没有矛盾的,问题的关键在于夫妻双方是否善于解决矛盾和处理问题。从某种意义上来说,婚姻生活的全过程就是夫妻双方解决婚姻矛盾的过程。

那天夜晚的故事

　　一天傍晚，闻伯良下班后没有回家，而是骑着自行车，喜气洋洋地赴约去了。

　　约他的是个女人，也是他的同事，而且同一个办公室。女人叫姚敏，还不满 30 岁，可说风华正茂，虽然说不上貌如天仙，却也楚楚动人，很耐看。她的丈夫是个装卸工，一年四季跟着汽车东跑西颠，装车卸车，十分辛苦。

　　这样一个女人，自然会引起某些男人的关注，何况闻伯良天天和她面对面地坐在一起，看着看着就看出"非分之想"来了。于是他除了献殷勤以外，还常常用语言旁敲侧击地进行试探和挑逗。可是对方除了傻乎乎地一笑了之外，不作任何反应，这使闻伯良琢磨不透她的心思，很是苦恼。

哪知皇天果然不负有心人,姚敏今天居然主动发出邀请,说她丈夫不在家,请他晚上去玩,还给了他一张纸条,上面写着她家的详细地址。这对闻伯良来说,无疑是天大的喜讯,能不兴高采烈吗?

他按照地址,找到了姚敏的家,按响了门铃。

门开了,姚敏笑着把闻伯良让进屋里,他一眼便看到餐桌上摆了许多菜肴,还有好几罐啤酒。闻伯良知道姚敏做了精心的准备,但却故作斯文地问道:"你约我来有事?"姚敏笑笑说:"当然有事。可民以食为天,别急,天大的事等吃了饭再说。"她说完拉过闻伯良,又是斟酒又是夹菜,客气得不得了。

闻伯良望着桌上的美味佳肴,猛然想起了妻子和儿子,心想:我招呼也没跟他们打,他们会不会等我回去吃饭呢?他想到这,不觉心里有些内疚,但面前的姚敏那么热情,那样的春风满面,那样的……唉,出门三里,不管家里,于是举起酒杯:"姚敏,谢谢你热情招待,来,干了这一杯。"说罢,一饮而尽。

就这样,左一杯右一杯地,足足一个多小时才吃罢这顿饭。

酒足饭饱,闻伯良坐在沙发上,姚敏泡了杯茶,放到他面前。他边喝茶边等着好戏的开场,可姚敏却忙着收拾桌子,又忙着洗涮碗筷杯盘。待一切都做完以后,才坐到闻伯良对面,说:"把你请来,又没啥好东西吃,真不好意思。"

闻伯良忙说:"你这是什么话,哎,你今天约我来,总不只是为了吃饭吧?"他两眼死死地看着姚敏,等着她的回答。姚敏不说话,只是笑,笑得那么甜,那么美,那么动人,把闻伯良的心笑得痒痒的。忽然,她停住了笑,一本正经而又结结巴巴地说:"老闻,其实,其实你的心思我早一早就明白,只是没有挑明罢了。今天我约你来,只想对你说,不能,真的,我不能!"

闻伯良似乎有点失望,却又很不甘心,脱口问道:"为什么?"

"你别问为什么,我先给你看一样东西。"姚敏说着,站起来走进卧室。不一会儿,端出来一个纸盒,放到闻伯良面前,说:"你知道这是什么吗?这是我丈夫的一笔财产。他有这么一笔宝贵的财产,我怎么能背叛他呢?"

姚敏说完,将纸盒打开,从里面拿出一件件东西,摊在茶几上。

闻伯良一看,傻眼了,所谓"宝贵财产",原来是一些瓷器碎片,还有一些10元、5元、2元、1元甚至5角的钞票,除此别无所有。闻伯良脱口说道:"姚敏啊,这也算宝贵财产?我真被你搞糊涂了,你没有喝醉酒吧?"

姚敏微微一笑:"你可能是不明白,这是因为你还不知道这些东西的含金量。我不妨说件事,你听过之后就全明白了。"她接着便讲了个既简单又感人的故事:

有一次,姚敏打扫卫生时,不小心将一只花瓶打破了,发现花瓶里装着这么些零钱。那时,姚敏还没找到工作,他们家经济并不宽裕,平时生活过得紧巴巴的,怎么花瓶里会有钱呢?姚敏自己没有放过,那肯定是丈夫放的,可丈夫偷偷往花瓶里放钱干什么?姚敏百思不得其解。

晚上,姚敏把打破花瓶的事告诉了丈夫,并将花瓶里的钞票统统交给他,问道:"你这是什么意思?"丈夫这才说出了心里话:"你别多心,我绝不想瞒着你搞小金库。自从你进门以后,我一直想为你存一笔钱起来,可是我一个装卸工,收入不高,哪有钱存银行?所以我用积少成多的办法,平时硬省下一些零钱放进花瓶里,攒到一定数量再存到银行里去。"

对丈夫的这些话,姚敏自然半信半疑,于是就说:"既然这样,那你为啥对我保密?"丈夫叹了口气,说:"姚敏啊,你不知道,装卸工是危险的工作,死人的事随时都可能发生,我能把这事对你明说吗?所以只能偷偷为你攒钱,万一我出了意外,你也……"

　　姚敏讲到这里打住了,眼眶里闪着泪花,没有再往下讲。而闻伯良则呆呆地望着面前的那些东西,似乎感觉出这些零钱的分量,明白了这些钞票的价值。他因此觉着脸上有点发热,连忙站起来,说:"姚敏,谢谢你,我告辞了。"

　　闻伯良回到家已经是晚上11点了。进门一看,只见妻子搂着儿子趴在餐桌上睡着了,桌上摆着个老大的生日蛋糕,上面那"祝你生日快乐"六个字,像是在朝他微笑。他这才记起,今天是自己的生日。

　　面对这一情景,他想起了许多,只觉得羞愧、内疚,止不住的泪水"哗"地流了下来……

(作者:董德斌;讲述者:吴文昶)

(**题图**:刘斌昆)

钻石戒指

　　小王是一家乡镇企业的出纳员,那天,办公室里的几个女同事都戴上了钻石戒指,只有小王没戴,几个同事便你一言我一语地说开了:"小王,你还不叫你那口子给你买个戒指? 不贵,才三千八!""是啊,连个戒指都不给你买,说明他没把你放在心里!""那可不,你要不让他给你买呀,他可就给别人买了!"

　　小王听着同事们"叽叽喳喳"乱叫,心里就别扭,虽然她也恨自己的丈夫没本事挣大钱给她买戒指,可还是觉得几个同事说得有些过分,于是就回敬了几句:"哎,我们可比不了你们呀! 你们那口子不是饭店经理就是企业厂长,要么就是大包工头儿,有的是钱,我们那口子是个穷教书的,没有那份闲钱!"几个同事听了不高兴,都撅起了母鸡嘴。

下班回到家,小王就变了脸,一不高兴,看着丈夫小吴就别扭。小吴还偏偏不长眼,在这个时候跟小王提什么买电脑,说买了电脑能从网上学些教学经验。

小王一听就急了:"买电脑?买你的猪脑!你有钱吗?"

小吴傻笑一阵,说:"我跟同事借了两千元。"

小王听说小吴借钱想买电脑,火可就上来了:"借钱买电脑,你真有本事呀!电脑摆在家里谁看得见呀?我们办公室里的同事全都买钻石戒指了,就我没有,我在她们面前都抬不起头了,你要借钱买电脑,也借钱给我买个戒指!"

"这……"小吴明白了,她这是想跟人家比呀!咱没那个条件,跟人家比得了吗?买电脑我有用,买个戒指有什么用?想跟小王辩解两句,一看小王那架势,已是弓上弦刀出鞘,一不留神就得吃家伙,小吴忙摆手:"好好好,我先不买电脑了,给你买戒指。"

星期天一大早,小王和小吴手拉手来到一家首饰店。进了店,小王直奔戒指柜台,柜台里的戒指琳琅满目,小王都看花了眼。看了一会,小王看上了一枚钻石戒指,便问店主:"这枚戒指多少钱?"

店主说:"不贵,四千八。"

小王没说话,小吴却接了话茬,还把舌头伸得老长:"我的妈!"小王一看,扭头就走。

小吴赶紧追上,说:"哎,别走啊,咱没带那么多钱,再找个便宜点儿的。"

小王走得飞快,说:"我跟你丢不起那个脸,瞧你刚才那德行,一看就是个穷酸,还买戒指哪?不买啦!"

小王一边说一边哭,弄得小吴一句话都说不上。

打那以后,小王的脾气就变了,成天闷闷不乐,动不动就发火。小吴自知没满足小王,也不跟她计较,她一发火,他就躲开。

一晃半年过去了,小王发现小吴总是打不起精神,人也瘦了很多。那天下午,小王刚下班,小吴就把一个小盒子递给了她。她打开小盒一看,里面竟是一枚亮闪闪的钻石戒指,跟那天她在首饰店看上的那枚一模一样。

小王欣喜若狂,说:"你怎么会有那么多钱买这枚戒指?"

小吴说:"你甭管了,戴上吧,以后别再给我脸子看就行。"

那天夜里,小王开心得一直没合眼。

第二天一上班,小王的第一件事就是向同事们宣布:小吴给她买了一枚钻石戒指。同事们都觉得好奇,纷纷围上来看,一边看还一边和自己手上戴的戒指比较,比完后都异口同声地说:"你美什么呀?这枚戒指是假的,你那口子糊弄你哪!"小王不相信,拿过同事的戒指一看,还真和她们的不一样。同事们便七嘴八舌地挖苦小王,弄得她简直无地自容。

回到家里,小王劈头就把戒指扔给了小吴,说:"你买得起就买,买不起就别买,谁要你买个假的糊弄我?让我在同事面前丢尽了脸!"说着,她就趴在床上哭了起来。

小吴眨巴着眼睛说:"假的?不会吧,我花四千八百元买的呢!为了给你买这枚戒指,我连烟都戒了,还在休息天到火车站货场去扛大包儿,怎么会是假的呢?"

小王一听不哭了:"你说什么?你休息天去火车站扛大包儿?你瘦成这样原来是……"小王说不下去了,声音有些哽咽,"算了,现在骗人的多,假的就假的吧,你有这份心我就知足了。"

谁知小吴却不答应了:"那哪行啊,我花四千八买个假的?你明天到金店验验去,要是假的我上消协告他们去!"

第二天,小王在几个同事的陪同下来到了一家金店,经店主一验,小王那枚戒指不是假的,是货真价实的钻戒。几个同事愣了:"你是个外行吧?她是真的,那我们的倒是假的喽?"说着,几个同事把自己的戒指递了过去。店主接过一看,连验都没验,说:"你们说对了,这几个都是假的。"

"开玩笑,我们那口子有的是钱,能给我们买假的？你不懂,我们到别处验去!"同事们说着,又去了另一家店,谁知一验,还是假的。这回几个同事不闹了,纷纷打传呼找她们的花心丈夫算账去了。

又过了一天,小王的几个同事都换了真的钻石戒指,而小王却卖了真戒指,又到娘家借了点钱,给丈夫小吴买了台电脑,她自己呢,戴着花六十块钱买的假钻戒,高高兴兴地上班了……

（马敬福）

（题图:箭　中）

夜惊老鹰山

　　那年，黑宝和小芳成婚不久，就开着机动三轮拉山货赚钞票。原本是想让小芳早点过上好日子，可没想到一天晚上快到家时，却意外地把两个乡邻撞到了崖下。黑宝害怕惹出命案，吓破了胆，顾不得崖下人的死活，弃车逃走，一个人躲进了几百里外的老鹰山，住茅棚，啃野果，帮着山里栽药的农民做点零工，他这一呆就是三个年头。

　　这天，快到年关了，山里飘起了漫天雪花，黑宝把药农废弃的一辆"王牌"农用车修好，准备下山采购一点年货，不然大雪封山后，非饿个半死不可。

　　趁着夜色，黑宝把那辆破车开上了一条简易公路。他不敢使劲发动，几乎是借着冰雪的滑力，一路小心翼翼地向山下开去。谁知在这人迹罕至的公路转弯处,突然蹿出一个黑影,黑宝躲避不及,急忙刹车,哪知路面太滑,破车不听使唤,"哧溜"一声,直直冲向了深沟。黑宝脑子"嗡"一声,心里哀叹一声"完了",然后就什么都不知道了。

等黑宝醒来,下意识摸摸脑壳,还长在脖子上,只是两条腿被破车的车屁股垫着,动弹不得。黑宝向四周看看,这像是深涧上方的一个平台,破车的保险杠被几根藤条缠住了,才没跌下深涧,这样也减轻了车身的重量,双腿才没被折为两节,真是万幸啊。可是,这鬼见愁的深沟,雪花在飘,冷风在刮,别说挨到天亮,就是挨上三四个小时,不冻死才怪呢。

黑宝思量着自救的办法,借着雪光不经意间向上一瞥,蓦然发现一只嘴尖尾长的黑色动物在头顶上方一块岩石上朝下张望。这家伙像狗,但并不叫唤,分明是一只饿狼。黑宝在老鹰山虽没见过狼,但这里山高林密,药农常常提到有狼,保准是这只饿狼嗅到血腥味,趁机觅食来了,黑宝不禁打个寒战。果然,那家伙张望稍许,"腾"的一昂头,挟着一股冷风向下一个俯冲。

黑宝心里又是一声哀叹,也许这就是天意,他在绝望中闭上了眼睛。然而那家伙只是远远地落在两米开外的地方,在黑宝周围兜起了圈子,黑宝更加惊恐,莫非这饿狼想先戏弄他一番,吓酥他的骨头再扑过来?不能坐以待毙,黑宝摸索着想取出腰间的防身匕首,正在这时,那家伙却像变戏法似的"刷"地向上一跃,爬在那藤条架上,"嚓嚓"啃起来。

不一会儿,只听"啪啦"一声响,破车滚下了山涧,黑宝双腿却安然无恙,眼前的一切简直跟做梦一样,他试着慢慢爬起来,竟然活动自如。这到底是怎么回事?这家伙为什么要这样做?黑宝抬起头,发现那家伙正瞅着他,他来不及多想,便攥紧了匕首,往山沟上爬,那黑家伙也不紧不慢地尾随着他。这样的场景忽然又让黑宝不寒而栗,山里的狼常常就这样胁迫其他体重较大的动物"走"到它们的巢穴,看来不摆脱掉这只狡猾的恶狼,自己真的要成为狼崽们的"年夜饭"了。

好在这家伙像是饿得够呛,经过刚才一番折腾,现在爬山好像有些吃力起来。黑宝窃喜:自己在老鹰山东躲西藏了三年,练就了一双"飞毛腿",何况还有匕首护身,黑狼休想把自己像赶四条腿的猪驴那样赶。

上了公路,黑宝把兜里的火腿取出来,放在路边,想趁饿狼吃食的时候多赶些路。没有了驮运车辆,黑宝一时不能再下山了,他要返回公路尽头的茅棚,尽快把火把点起来,把该死的黑狼吓跑。眼下,为防备黑狼偷袭过来,黑宝把匕首横握胸前,半退着脚步向后挪动,真叫瞻前难顾后。不知什么时候,那狡猾的家伙从路边"噌"地蹿到黑宝的身后,"咔"地一口衔住了他持刀手臂的衣袖,竟拽着他向山下走。

猝不及防,黑宝差点一个趔趄,被这么个东西咬着,他浑身哆嗦起来:难道这家伙的巢窝在山脚? 黑宝屏住气息,定睛瞧了眼近在咫尺的黑家伙,呀,哪里是什么饿狼,原来是一只极似狼形的狗。一个念头在黑宝心里闪过,吓得他全身筛起糠来:莫非这是公安局训练有素的既通人性又忠于职守的狼狗? 黑宝一时不由自主向山下走了一段,心里寻思着,也许不远处就是恭候他的警察,他不想束手就擒,更不甘心栽在这只狼狗爪下。

翻过山梁,黑宝知道下面是陡峭的悬崖,他看时机到了,立刻以迅雷不及掩耳之势"嘶"地剥掉外衣,趁狼狗反应不及的空当,对准它的胸腔狠狠踹出一脚,想把它踢下悬崖。然而,狼狗像是有所准备,一个跳跃侧身闪过,黑宝扑了个空,一个跟跄眼看就要跌下去。突然,意料不到的事情发生了,狼狗一个前扑,狠狠叼住了黑宝的裤角,黑宝身体受到缓冲,扑倒在伸出路沿的里程碑上,那狼狗用力过猛,竟生生叼破了黑宝裤管,身子"嗖"的一下从黑宝刀尖划过,跌下悬崖,发出沉闷的一声响……

黑宝惊魂未定,爬在石碑上大口喘气,就在他缩回身时,突然发现石尖上挂着用绳子系起来的两个小布团,这一定是原本带在狼狗身上,被刀尖划破绳条后遗落下来的。黑宝心里纳闷,借着雪光,他打开一看,布团里是蜡丸,里面裹着两张皱巴巴的小纸条。黑宝打亮随身携带的打火机,凑着微弱的火光看起来,只见第一张纸条上写道:

好心人:这是一只受过伤的哑巴狗,不会乱叫让您讨厌,它只是想找回它的男主人,如果您逮着它,看到这张纸条,请您不要伤害它,放它一条生路,并给它一点吃食,指指老鹰山的方向好吗?

它瘫痪在床的女主人

黑宝心里"怦怦"乱跳,他急不可待地展开另一张纸条:

黑宝:不管你现在叫啥名字,你还是家中的黑宝。要是你能看到这张纸条,这就是天意!这只狗是黑豹,三年了,你恐怕认不出它了。这三年,我只做了一件事情,就是带着它去找你,你会去的十几个地方,现在只剩下老鹰山没找了。我前段日子从坡上摔下来,腿摔坏了,心里却想赌一赌,让黑豹完成最后一站。它虽说是哑巴,可长健壮了,灵得很,还记着你呢。回家吧,三年时间,就是一个囚犯,也该服完刑轻轻松松回家了。

小芳

看到这里,黑宝泪流满面,他站起来,往山下走去。

(吴相阳)

(题图:安玉民)

回家的路好长

　　杨大炮的女人贺二芹是个哑巴,结婚二十多年,杨大炮看老婆是越看越不是滋味,尤其是几年前他在县城有了固定的活儿,又结识了邻县一个风骚女人,这以后,就更不把贺二芹当人了。想当初,要不是杨大炮穷得连睡觉的地儿也没有,才不会去抱个哑巴睡呢!

　　尽管恨得牙根痒,但杨大炮是个聪明人,一是不会伙同情人杀了贺二芹,他知道警察不是省油的灯;二是不会蛮横地把她扫地出门,他怕儿子埋怨和邻居们戳脊梁骨。怎么办?没想到机会来了,春节前,在广东打工的儿子打电话回来,说让杨大炮带着他妈去他那儿过春节。儿子两年没回来过了,想一家人聚聚,也想让爸妈见见外面的世界。

　　杨大炮一寻思就乐了,心想:要是哑巴女人既不是被杀也不是被赶,而是自己不小心"走失",那谁能把责任扣到我杨大炮头上?于是,杨大炮便答应了儿子,带着贺二芹坐了十几个小时的火车来到广州。一下火车,杨大炮骗贺二芹,说是去给儿子打个电话,把贺二芹安排在一家小饭馆里,自己就逃了。

　　杨大炮兜里揣着儿子的电话、地址,其实儿子离广州还远着,得再坐五六个小时的车才到。杨大炮生怕贺二芹追上来,挤人群,穿小巷,好一会儿才停住脚步,心想:这回总该彻底甩脱了吧!他知道贺二芹不识字,怎么着也找不到回家的路,而且她又是哑巴,无法向别人说清楚来龙去脉,而自己可以向儿子解释说火车站人多走丢了,这理由也说得过去。这么一想,杨大炮就有些得意,也有一丝愧疚,毕竟一起生活了几十年,但一想到另一个千娇百媚的风骚女人,他心里就像着了火一样热乎,哪里还想得到夫妻情分!

　　觉得差不多了,杨大炮又谨慎地溜回汽车总站,准备坐车去找儿子。他站在车站门口,一掏口袋,顿时傻了眼:兜里什么也没有啊!他一下急红了脸,上上下下、左左右右掏个遍,看着口袋外被刀子划开的一道口子,这才明白所有的钱连同那张纸条全被小偷偷走了!儿子的电话、地址全在那张纸条上,杨大炮也没将它们记在脑子里,这一下他只觉得天昏地暗,那颗心一下子像坠落到了万丈深渊!

　　杨大炮赶紧上那家小饭馆找贺二芹,他想到贺二芹手上有点儿钱,那是他不忍心她身无分文流落他乡,才给留着的,现在儿子那里去不成,杨大炮想用那点钱先回家再说。可是,到了小饭馆却没看见贺二芹,人家说那个哑巴女人早走了!

　　一听这话,杨大炮急火攻心,身子摇摇晃晃就晕了过去。

　　回头再说贺二芹。贺二芹当时坐在小饭馆里见丈夫半天没回来,顿时着急了,她害怕杨大炮走丢了,也害怕杨大炮遇上了麻烦,于是就离开小饭馆四处寻找。一路上,她两眼泪汪汪的,她向路人笨拙地打手势,可没人明白她的意思,但有好心人看她那副可怜样,就硬塞给她一块或五角的零钱。

贺二芹不知道自己身在何方,只是满大街地寻找杨大炮,饿了,好心人会给她买几个馒头;渴了,心善的店老板会送她一瓶矿泉水,几天下来,贺二芹竟把鞋都磨破了。

这天,贺二芹坐在路边台阶上休息,一边捶打着酸痛的双腿,这时,一个五十来岁的男人走上前询问:"老妹儿,你这是怎么了?"

贺二芹一听这口音,猛地抬起头,顿时激动得浑身颤抖,眼泪也忍不住落了下来:这位大哥分明是自己的同乡啊!贺二芹一把拽住他,"哇啦哇啦"说了半天,也不知说了点啥,突然,她想起口袋里的车票,便小心翼翼地掏出来递过去。

这人看了车票,知道贺二芹是从什么地方来的,可不明白她要到哪里去。这人见贺二芹不识字也不会说话,更加同情了,于是决定帮她。他先回家拿来老伴的干净衣服让贺二芹换上,又费了好大的劲,总算弄明白她想回家的意思,随即就将她送上了回家的火车。

贺二芹感激地给那人鞠了三个躬,含着眼泪回家了。

贺二芹回家了,杨大炮可苦了,那天他晕倒在那家小饭馆里,可醒来一看,却发现自己睡在马路边上,原来那家小饭馆的老板嫌他躺在桌上妨碍生意,让伙计把他抬了出去。

杨大炮爬起来,站在那儿,看着车流不息的马路,不知如何是好。贺二芹没找到,自己又身无分文,想回又回不了,饥肠辘辘,体虚难撑,怎么办? 先得想法子填饱肚子,杨大炮只得放下脸面来到一家餐馆门口,他刚把想讨碗饭的想法说出来,那个胖老板就横眉竖眼地把他赶到一旁,厉声喝道:"你一不是七老八十,二不是缺手断腿,有什么好可怜? 自个儿好吃懒做,想让别人养活你,没门!"杨大炮被骂得无地自容,只得垂头丧气地离开。他一连走了近十家馆子,得到的都是奚落、怒骂,最后饿得实在没办法,只好像乞丐一样地去吃别人吃剩的饭菜,杨大炮嘴里嚼着,心里却是苦涩难耐。

到了晚上,杨大炮就在公园的大树下蜷了一夜。吃、睡的问题好歹解决了,眼下最要紧的是凑钱回家,他学别的乞丐的样儿,面前摆一个破碗,坐在那儿静等,但一天下来,还是因为手脚齐全的原因,碗里的硬币加起来不足一元钱。

杨大炮几乎绝望,无奈之下想到一个法子:爬火车。

这天早上,杨大炮就顺着铁道往北走,因为他家在北方。走了一天,终于来到一个小站,当一辆货车进站减速时,他像猴子一样攀了上去。虽然趴在火车上风大,冷得直抖,但他心里高兴,因为只要火车在开,离家就会越来越近,但很不幸,两个小时后,列车在一个小站给迎面而来的客车让道时,杨大炮被人发现,被强行赶到了站外。

杨大炮被赶下车后心里有点慌,他不知道这是什么地方。他走到车站附近的一个小饭馆里,扫光了人家的剩菜剩饭,然后沿着铁道继续往前走,他想有机会再爬火车。杨大炮走到一段山坳的时候,意外地看到前面走过来一伙人。这时候天色已暗,这伙人也发现了杨大炮,他们停下商量了一阵,然后一个戴眼镜的走了过来,说:"兄弟,落难了是吧?"

杨大炮听了这话便是一阵心酸,委屈得直想掉泪,一个劲点头。

戴眼镜的那人和气地说:"要是你愿意,我请你去我那儿干活,有工钱,怎么样?"

杨大炮一听有工钱,毫不犹豫地点头同意了。现在对杨大炮来说,钱就是雪中的炭呀,只要有了钱,就能回家了。

其实这伙人是铁道上的"老鼠",专门偷运煤车上的煤。他们把长竹竿弄成钩状,站在铁道两侧,等列车驶过时用竹竿钩下车厢里的煤。现在是冬季,又是运煤高峰,特别是发电用的焦煤抢手得很,他们一个个都红了眼,人手不够,他们就寻找那些乞丐或无家可归的人,强迫他们白干活,谁要是不想干,拳打脚踢,就像对待犯人一样。

杨大炮没想到自己跳进了这样的火坑,看着这群凶神恶煞,只好先忍耐下来。

每天,杨大炮的任务便是躲在铁道边上,看到运煤车就走上前去,用力把竹竿架在车厢上,尽量多往下刮煤。一辆运煤车,经过十几个人的钩、刮,车厢上高高垒起的煤全给"削"平了,等到把煤袋运回,杨大炮便被锁进了那间小屋,失去了自由。这伙人很狡猾,不准杨大炮同另外几个被强迫干活的人说话,而且将他们每人关一间屋,让他们没有机会商量逃跑。杨大炮也知道逃不掉,屋子里没有任何工具,外面尽是山,没有村庄,连喊都是白搭。

眼看春节一天天近了,杨大炮却在这儿受这份罪,每回看到那些回家过年的人们乘着客车经过,杨大炮泪如雨下,而每到夜里,他就狠狠地扇自己的耳光,在心里向贺二芹赔着罪。

一个月很快过去了,杨大炮在悔恨中过了这个年。

这天是正月十五,一大早,杨大炮就被带到铁道边蹲点,身旁照例跟着三个监视的人。晚上下过小雨,空气冷清。突然,杨大炮看到铁道上走过来一个女人,自北向南地走近。那女人瘦得像竹竿,穿一身又脏又破的衣服,一脸乌黑,正吃力地迈着步子,一边走一边不住地四处张望。等那女人走近,杨大炮仔细一看,差点惊呼出来:这不就是贺二芹吗?

刹那间,杨大炮的心直颤抖,心中又是悔恨又是愧疚,这哪里像从前那个又胖又精神的贺二芹呀?尽管异常激动,但杨大炮没有叫,他知道虽然这伙人不抓女人,但一叫,贺二芹必定跟着自己遭殃,于是他就强忍着……

就在这时,不远处传来了火车的轰鸣声,而此处铁路边上正好有一大片林子,杨大炮知道机会来了!

前方来的果真是一辆运煤车,近了近了,左右两旁的十几个人一拥而上。这时,杨大炮突然扔下竹竿,拼命追上贺二芹,抓住她的手便钻进了铁路边的林子里。这一切发生得太突然,等那伙人反应过来追上去,哪里还寻得到他俩?

杨大炮带着贺二芹跑到了安全地带,一句话没说,只抱着贺二芹大哭了一场。

贺二芹也哭,哭完了就从口袋里掏出好些钱交给杨大炮,这些钱全是她沿途乞讨所得呀!

杨大炮同贺二芹来到附近一个小镇,他们先去报了警,看着偷煤的那伙人悉数落网后,便迫不及待地买了票往家里赶,他们好想好想回家呀!

回到家,杨大炮才从亲友那里知道贺二芹为什么会出现在铁道上:

贺二芹年前回家后,急急地找了每一个邻居和亲人,流着泪,着急地比划,但邻居和亲人们一点儿也悟不出她的意思,更没想到几天后贺二芹便失踪了。邻居和亲友们都不知道贺二芹去了哪里,直到现在杨大炮回来说了他的经历,大家这才明白,贺二芹那时候的意思是说丈夫走丢了,想叫人帮忙找。她见没人明白自己的意思,于是决定自己去找,她沿着和杨大炮走过的火车道,走了整整一个月,终于奇迹般地遇上了杨大炮!

杨大炮回家后一直没敢说这一切全缘于他最初的那个罪恶念头,想到这一次回家的路这么长,他再也不敢起一点邪念了,和邻县那个女人也断了来往,从此将心思全放在贺二芹身上,他觉得她才是最值得自己去疼的那个人……

（江　薛）

（题图:谢　颖）

把头发烧成灰

　　孙三是个秃子,长得要多难看就有多难看,他先前是乡下的一个穷木匠,后来有了点积蓄,进省城开了一家家具店,经过几年打拼,孙三的生意越做越大,成了腰缠万贯的大老板。

　　有了钱,孙三就开始花花肠子了,他嫌自己共过患难的老婆太落伍,想着法子把她赶回了乡下老家,然后找了一个刚刚大学毕业的女孩子做情人。

　　女孩子长得水灵灵的,孙三特喜欢她,对她百依百顺,大把大把的钞票任她花,女孩子很满意孙三的阔绰和大方,说是愿意死心塌地跟着他。只不过,孙三得先治好他那油光闪闪、活像一颗大肉丸的秃头,秃头上长出黑发来的那天,她就做孙三的新娘。

孙三于是到处寻医问药,治疗他的秃头。别看秃头算不了什么大病,真要治起来可不容易,孙三跑了好多医院,吃了好多药,他的秃头就是不长头发,烦得他要命。孙三跟他的小情人商量,问戴个发套行不行?小情人一口否定了,说非要孙三的脑袋自己长出头发来不可。孙三为难了,就放出风声来,说谁要是帮他找到治疗秃头的方法,一定有重赏。

这天,孙三正坐在经理室捧着秃头发愣时,在他的家具城打工的一个叫阿狗的小伙子喜滋滋地跑了进来,对孙三说他打听到了一个治疗秃头的秘方。孙三一听,高兴得从椅子上蹦了起来,忙问那秘方的具体内容,阿狗却摇着头说:"那秘方具体是什么我也搞不清楚。"

孙三火了,说:"你小子卖什么关子?说出那秘方来我赏你一万元!"阿狗老实说:"我真的不知道那秘方,不过我可以找到有那个秘方的人。"

阿狗说,在他乡下的村子里,最近出了一件怪事儿:一个七十岁的老头,好多年脑袋光秃秃的没一根头发,不料有一天头上突然长出了又黑又浓的头发,村子里的人大为惊奇,阿狗说那老头一定有治疗秃顶的秘方,找到他就能知道秘方的具体内容。

孙三听了,当即由阿狗带路,日夜兼程,往阿狗的村子里赶去。到了阿狗的村子,天快黑了,两人来到老头家,可是那老头没在家,老头的儿子说他父亲住在山上,黑灯瞎火的不好上山去找。阿狗说了老头秃顶长黑发的事,然后对老头的儿子说:"你能把你父亲治疗秃顶的秘方告诉我们吗?"孙三在一旁拍着鼓鼓的腰包,指着自己的秃顶说:"你父亲的秘方只要能把我的秃顶治好,你想要多少钱我就给多少。"

老头的儿子一听,哈哈大笑起来,说:"那算什么秘方呀,我不要你们一分钱就告诉你们吧!"

老头的儿子说,他父亲根本就没有什么治疗秃头的秘方,他只是用头发烧成的灰泡茶喝,他的头顶上就长出头发来了。

孙三听了,心里开始琢磨着:人们不是常说吃什么补什么吗?我现在脑袋上没头发了,怎么就没想到像那老头一样,把头发烧成灰泡茶喝呢?

孙三和阿狗回城之后,孙三就吩咐阿狗到理发店买了一大堆头发,再把头发烧成灰,储存在一个茶叶罐里。

从此以后,孙三喝茶的时候就在茶杯里放一撮灰。孙三是早一杯晚一杯,不分白天晚上,都捧着一个大茶杯,大口大口喝着杯子里黑乎乎的茶水。

孙三喝呀喝,一个月过去了,满满一罐头发灰都被孙三喝进了肚子里,可他一摸脑袋,还是光秃秃的,连根头发茬也没有。孙三很沮丧,把阿狗喊来,问那老头的方法怎么不灵验。阿狗说:"那老头秃头长头发的事情千真万确,可老板您喝了那头发灰没效果,会不会是那老头在头发灰里还放了什么东西?要不,我们当面去问问那老头?"

于是,孙三和阿狗又一次来到村里。那天晚上,老头还是住在山上,他们只好在老头家借宿了一晚。第二天一大早,老头的儿子带着孙三和阿狗上山去找老头。

他们走了一段崎岖的山路,在一个山岭上看见一座土坟,土坟的旁边立着一个茅棚。老头的儿子说,那土坟里埋的是他死去一年的母亲,母亲死后,他父亲就在母亲的坟旁搭了这个棚子,天天住在那里,守着坟。孙三听了,觉得那老头好生古怪,好好的家里不住,住在这茅棚里有什么意思?

老头的儿子带着孙三和阿狗刚走到茅棚前,就看见一个弓背老头从茅棚里走出来,那老头走起路来摇摇晃晃,行动缓慢,可他头上却长着一头黑油油的头发,与他的年龄很不相称。

老头的儿子迎上去,对老头说:"爹,来城里客人了,找你问个事儿。"

老头推开儿子,不高兴地说:"这个时候别来烦我,我要和你娘说会儿话。"说罢老头径直走到坟前,一屁股坐下来,低头对着坟堆喃喃自语了好一阵子,这才抬起头,扫了孙三和阿狗一眼:"二位客人,你们上山来找我这老头子有何贵干?"

孙三急忙说明来意,请求老头把治疗秃顶的秘方告诉他。老头听了,摸着自己的头,颇为得意地笑道:"这事确实不假,我的头秃了几十年,现在真的长出头发来了。"

孙三问老头:"我也用头发烧成的灰泡茶喝,为什么我的头上就不长头发呢?"

老头望着孙三的秃头,问:"你泡茶喝的头发从哪来的?"孙三说是从理发店买来的,老头一听连连摇头,说:"怎么能去理发店买头发呢? 你干吗不像我老头子一样,把自己老婆的头发烧了泡茶喝呢?"

老头说,他的老婆是世界上了不起的女人,她为他养育了五个儿女,由于操劳过度,四十岁就成了瞎子。

老头很心疼他老婆,就每天帮老婆梳理头发,把老婆掉下来的头发一根不落地收藏在一个布袋子里,日积月累,他帮老婆梳了三十年的头发,也收藏了三十年的头发,等到老婆离世的那天,那个布袋子里的头发已经塞得满满的了。老婆死了,老头看着老婆的头发,如同见到了活生生的老婆。老头很怀念老婆,他盼着与老婆融为一体,就把老婆的头发烧成灰泡茶喝,也许是老天可怜他们,他喝了那茶后,秃顶上竟然长出了乌黑发亮的头发。

老头说到这儿,笑着对孙三说:"你回去把你老婆的头发烧了泡茶喝,兴许你的秃头明天就会长出头发来的。"

孙三听老头讲了他给老婆梳头发的故事,脸突然红了,像是做了什么亏心事,羞愧地耷拉下秃脑袋……

（李澍声）

（题图:刘斌昆）

十年红绳

　　司机李大壮度完蜜月不久,突然遭遇了一场车祸,虽然侥幸捡了条性命,却落了个下身瘫痪。昔日的李大壮,一夜之间变成了李大瘫。

　　大壮的妻子叫阿娟,是市医院的护士,她不仅长得靓丽,而且温柔贤淑,自打丈夫出了车祸,她是扒心扒肝地为丈夫治疗,不仅花光了家中的积蓄,还欠下了一屁股带两肋巴骨的债,可大壮的身体却还是没有丁点儿起色。

　　眼看一个好端端的家庭陷入了万丈深渊,昔日光彩照人的妻子也被拖累得人不人鬼不鬼的,大壮肝肠寸断,万念俱灰,不由萌生了轻生厌世的念头。

　　这天晚上,劳累了一天的阿娟睡熟之后,大壮就着窗外射进来的灯光,噙着泪水望了妻子一眼,然后吃力地滚下床,双肘着地,爬进厨房,摸起一把锋利的菜刀,就往自己的喉管割去……正在这时,阿娟听到声响,立刻惊醒,扑上去夺下了菜刀,抱着大壮号啕大哭:"大壮啊大壮,你为什么要这样做呀? 难道你忘了我俩当初立下的誓言吗?"

大壮默默无语,豆大的泪珠一颗接一颗地滴在阿娟的身上,阿娟更是心如刀绞,彻夜难眠,苦苦思索着用什么法子,才能阻止丈夫自寻短见。

第二天,阿娟取出一个"中国结",坐在大壮身旁,柔声说道:"大壮,你还记得吗? 这是你当初送给我的定情物,我记得你曾经对我说过,只要有它在,我俩就永不分离……"大壮搞不清阿娟葫芦里卖的啥药,但这些话,他确实说过,就点了点头。

阿娟当着大壮的面,从中国结里抽出一根根红线,编成了一根细红绳,然后对大壮说:"大壮,你知道,我们老家,相爱的男女,有用红绳拴身的习俗,只要红绳不断,被拴的人就不能不守诺言。从今天起,我就把它拴在你的腿上,如果红绳断了,说明我俩的缘分已尽,那是天意,谁也挡不住,到那时,你想咋办我都依你;假如这根红绳不断,那你就必须答应我,决不能离我而去。"

大壮一听答应了,他自有自己的小九九,在他看来,这根细线编织的红绳,又能系几天? 到时候红绳一断,她阿娟就再也不能阻拦他了。

可令人惊奇的是,日复一日,年复一年,系在大壮腿上的那根红绳,并没有像大壮想象的那样,别说磨断,就连那颜色也一点没变,还是那样的鲜红夺目。大壮很奇怪,咋也想不透这里边的道道儿。他暗叹一声:这真是天意呀! 既然老天不让我死,那我就干脆好好地活下去吧,从此,大壮打消了轻生的念头……

这天吃过晚饭,阿娟忙完家务,又侍奉着大壮吃了药,然后像往常那样,挽起袖子,给大壮做推拿按摩。当她按摩到大壮脚底的"涌泉穴"时,突然发现他那双失去知觉达十年之久的病腿,竟然轻微地抖动了一下!阿娟起初不敢相信这是真的,就让大壮试着抬一抬腿,这一抬,就抬出了奇迹:大壮的双腿竟然真的能动了……

在阿娟的精心护理下,大壮终于可以下地活动了,还能帮助阿娟做一些轻微的家务活。这天,阿娟上班去了,大壮在家里闲不住,见天气很好,就想把家里的棉衣棉被拿出去晒晒。他打开衣柜,一眼看见里面有一个红色的小樟木箱,这个箱子,是阿娟结婚时带过来的,以前一直锁着,从不让大壮看一眼。大壮见箱子没上锁,出于好奇,就想看看里面究竟藏着些什么。当他掀开箱盖,顿时就愣住了:樟木箱里,竟然是满满一箱子红绳,大壮数了数,整整 365 根!

大壮这才恍然大悟:难怪腿上那根红绳十年来一直鲜艳如新,原来是妻子暗中做了手脚:为了打消他轻生的念头,十年来,每隔十天,阿娟就悄悄地编织一根同样的红绳,趁大壮熟睡时,偷偷换下了他腿上的那根……

(黄西华)

(**题图**:魏忠善)

你不是坏女人

　　故事要先从一个男人说起,这男人叫曾金,他很一般,长相一般,职业一般,什么都一般,可这个男人却有一个不一般的女人,这女人叫秋云,秋云可不是一般的漂亮,她漂亮得令人忘了眨眼睛。就因为这个原因,曾金感到很幸福,又十分的不放心。

　　这天,秋云下了班,曾金发现她的衣服上有一根短发,便问:"谁的?"

　　秋云平时爱开玩笑,她"噗嗤"笑出了声:"不告诉你。"

　　曾金沉着脸问:"谁的?"秋云也沉下了脸:"我的。""你有这么短的头发吗?""我的头发爱断,你不是不知道,要不要化验一下这根头发?"曾金听了,不说话了,但他的脸还沉着。

　　过了一天,秋云接到了一个电话,是中学时的一个同桌,男的,多年不见,两个人在电话两头热乎乎地聊了老半天。曾金在一旁听得火了,没等他们说完就扯断了电话线。

秋云气得直瞪眼,说:"我们是同学!"曾金怒气冲冲地说:"同学?哼!握着同学的手,只恨当初没下手!"秋云听了心中好悲凉,她望着窗外的月亮,静静地坐到了半夜。

第二天,秋云在家里烫一套男式西装,曾金在一旁一瞧,发现那不是自己的,便问:"谁的?"

秋云的神色很平静,说:"昭明的……我们单位新来的大学生,家在外地,不太会照顾自己,小伙子挺不错的。"

曾金一听又沉下了脸,秋云笑了笑,半真半假地说:"你要是把这衣服撕碎,我会买一套更好的给他,你信不信?"曾金气呼呼地说:"我信!"从此,曾金便记住了另一个男人的名字:昭明。这次曾金没有发作,他要放长线钓大鱼。

有一次,曾金故意选择秋云不在单位的时候往她那儿去电话,说是找秋云,巧得很,接电话的正好是那个昭明,听那声音,清亮而浑厚,很有男性的魅力。放下电话后,曾金的心里很不是滋味,他决定去看一看昭明。那天,他又故意选择秋云不在单位的时候去了那里,见到了昭明,一看,昭明的确是一个不错的小伙子,秋云烫过的那套西装就穿在身上。昭明对曾金说:"秋云她不在,你如果觉得方便的话,有事我可以转告。"曾金忙说没事,说着就匆匆走了。

这天夜里,曾金睡不着了,他想:秋云在单位里和这么好的一个年轻男人朝夕相处,回到家里面对的是自己这样一个再一般不过的男人,她真的能心静如水吗?曾金想来想去觉得不可能,中午,他进了一家小酒馆,要了二两老酒,一碟小菜,老酒和小菜伴着他一道想心事。酒杯空了,小菜没了,想出了一脑门子汗,可还是没有想出结论:她和他,到底有没有那事?

这天晚上,曾金和秋云一起吃饭,电视里正在播放《水浒》中的"武大郎捉奸",曾金一下子有了主意,只是这个主意太陈旧,已经有不少和他一样的人用过了:曾金告诉秋云,明天要出差,下午走,后天下午回来。

第二天早晨,秋云默默地为曾金打点行装,出门的时候,秋云又问了一句:"是明天下午回来吧?"曾金点点头说:"是。"

曾金出去以后,约了一个叫二杆子的男人,到了一家小酒馆里。二杆子是曾金最好的朋友,他最拿手的就是帮着朋友盯女人的梢,最大的优点就是只要给钱什么都干。

三杯酒下肚,曾金开始交代任务了:"今晚我不在家,你盯着我老婆。"

二杆子问:"怎么盯?"

"就像上回盯大刘老婆那样,天没黑就盯上,一宿死看死守。"曾金要二杆子发现情况后马上打传呼,他要捉奸捉双!说着,他掏出二百元钱放在桌上。

两个人在小酒馆里泡了老半天,老板娘赶了三回他们也不走。天快黑的时候,二杆子去上岗,曾金到江边,一边散步一边等二杆子的传呼。此刻,他的心情确实有点矛盾,他怕 BP 机响,却又盼它响。可怕也好,盼也好,BP 机终究还是响了,汉字显示:"有情况,速回家——二杆子。"

曾金一下子抖擞起精神来,他仰天长叹:怕发生的事终于还是发生了!他一路狂奔,来到楼门前,喘着粗气上了楼梯,把钥匙伸进锁孔,他的手忽然颤抖起来,他害怕自己一进屋就气晕过去——那不堪入目的场面他怎么受得了!可他还是鼓足勇气打开了门。只见屋子里一片黑暗,曾金迅速打开了所有的灯,每一间屋子都亮堂堂的,可看到的却是秋云一个人静静地睡在床上。曾金的眼睛飞快地搜索着每个角落,可他什么也没搜索到,曾金知道二杆子是不会和他开这种玩笑的,所以心里直纳闷。

秋云醒着,没有睁开眼睛,她语气平静地问:"你不是明天回来么?"

曾金没有回答,他不知道该怎么回答。阳台上开着一扇窗,曾金走过去,想让夜风清凉一下自己,这时他一下子看见了一个意想不到的情景:一双男人的手,死死扣在窗台上——窗外当然肯定悬挂着一个男人的身子!

曾金冷笑着坐在椅子上,慢悠悠地点上一支烟,他的眼睛盯着窗台上那双已经开始颤抖的手,心里得意地在说:这是三楼,看你能坚持多长时间!

曾金深深地吸了一口烟,长长地吐出了一串烟圈,对床上的秋云说:"你起来,咱俩唠唠。"

"深更半夜的,唠啥?""唠啥都行。"

秋云说:"没啥唠的。"

曾金冷笑一声,说:"你真会装。"

秋云也冷笑了一声,说:"我就这样。"这个时候,曾金再也忍不住了,他暴跳如雷地吼着:"要是哪个王八蛋上我这偷鸡摸狗,就算他掉下去摔不死,我也要把他活活揍死!"

秋云一听,猛地坐起来:"你什么意思?"曾金再也控制不住了,上去就给了秋云一个响耳光,也就在这时,窗外响起了一声惨叫,窗台上的手不见了,紧接着,楼下传来了痛苦的呻吟:"救救我吧! 我的腿呀——"曾金一下子怔住了:这是二杆子的声音呀! 他望了望秋云,秋云淡淡一笑,不紧不慢地走了过来,说:"咱俩唠唠。"

"唠……唠什么……"

秋云带着胜利者的神气笑着说:"你刚才不是说,哪个王八蛋上这里偷鸡摸狗,你就要活活揍死他?"曾金的脸一阵红一阵白,他顾不上和秋云说什么,慌忙跑下楼,见二杆子已倒在地上不成样了,他连忙叫了个邻居帮忙,一起把二杆子送到了医院……

出了这事后,两人整天争吵不停,关系越来越僵,最后也就离婚了。

不久的一天,秋云把昭明约到了一个小酒吧,两人一边喝着咖啡,一边聊着那晚的事,昭明问:"怎么会是二杆子呢?"

秋云说:"他是想趁着我一个人在家,偷点或抢点什么。这小子当过建筑工,会上高墙,手刚一搭上窗台,曾金就回来了,没办法,身子就得那么悬着,时间长了,哪有不掉下去的? 没摔死就算不错了!"

昭明问:"那么,又是谁给你丈夫打的那个传呼呢? 总不会是二杆子自己吧?"

秋云说:"这我就不知道了,你也别管它了。"说着,秋云把法院给她的离婚判决书放到了桌上,说:"我和他,已经离了,他跪下求我我都没答应。"

昭明朝那离婚判决书瞟了一眼,没有说话。

"你想说什么,你就说吧。"

昭明想了想,说:"那天深夜,二杆子不是要偷点或抢点什么,他是要偷你,对不对? 他也不是爬墙爬上去的,而是你开门放进来的!"

秋云听了瞪大了眼睛,一句话都说不出来。

昭明接着说道:"我记得你说过,你丈夫有个叫二杆子的朋友一直在打你的主意,但你丈夫并不知道,而你也十分厌恶这个二杆子。二杆子按响你的门铃的时候,你已经睡下了,他就说有要事告诉你,你问什么要事,二杆子就把你丈夫怎么安排他监视你的事说了。你当时气急了,就放他进了屋,让他说清楚点。二杆子一进屋,就想跟你来那个,当然,他是死皮赖脸地求你,你量他还不敢动硬的,一下来了主意,你说,二杆子你别急,嫂子下去给你买瓶啤酒,咱俩待会儿好好亲热亲热。就这样,你稳住了二杆子,到楼下以二杆子的名义给你丈夫打了那个传呼。你丈夫赶来后就敲门,你就要二杆子快跑,还说要不你丈夫会杀了二杆子的,二杆子说没地方跑,你就说了窗外悬身的主意,你还特意嘱咐他,要是露馅了,就说是爬上来偷东西,要是敢说是你放进来的,你就告他入室强奸。你知道你丈夫一定会发现窗台上有一双男人的手,以为他是和你偷情的那个男人,会拖延时间故意折磨他,你这一招,一是要害二杆子,二是要给你丈夫一个难堪,有了这件事,你离婚的理由就相当充分了,你干得真漂亮!"

秋云十分吃惊,说:"你怎么这么聪明,连细节都猜对了!"

昭明微微笑了笑,说:"不是我聪明,那天夜里,我看见你出来打电话了,我想,一个女人,要是没有特殊原因,是不可能在半夜里放着家里电话不用,到马路上打公用磁卡电话的。"

秋云声音低低地问:"当时你在哪儿?"

"你家楼门口。白天你告诉我,你丈夫出差了,也许你是随便说说,没有暗示我做什么的意思。"

"你为什么不进来呢?"

"我不是你丈夫。"

秋云低下了头,有点羞涩地说:"你愿意做我的丈夫吗?"

昭明说:"我不知道,但我知道那个叫二杆子的,已经残废了,你丈夫也已经精神崩溃了。"

秋云说:"怎么,只许你们男人害我们女人,就不许我们女人报复一下你们男人吗? 你知道一个女人被自己的丈夫疑神疑鬼地盯着是什么滋味吗? 你知道一个女人被一个无赖掂量着是啥感觉吗? 你知道他给了我多大的精神折磨吗?"秋云伏在桌上,呜呜地哭了,她从来没有这么伤心地哭过。

昭明叹了口气,说:"你不是坏女人,但你也不是一个好女人。"昭明知道这话说得有点矛盾,但这确实是他此刻想说的一句实话。他慢慢地站起身来,望了一眼伏在桌上哭泣的秋云,默默地离开了酒吧……

(张望朝)

（**题图**:黄全昌）

浓 浓 朋 友 情

　　仁爱的话,嘴上说起来是容易的,但只有在患难的时候,才能看见朋友的真心。所以,从某种角度我们也可以这么说:朋友看朋友其实是透明的,他们彼此交换生命。

乱世知交

　　明朝崇祯年间,朝廷有两个大臣很要好,他们一个是鸿胪寺少卿董令矩,一个是翰林院编修宋千敏。

　　这天大清早,董令矩、宋千敏正与其他大臣一起在待漏房等待上朝,董令矩忽然发现,因出来时匆忙,自己将笏板忘在家里了。这件事可非同小可,笏板是大臣上朝的必备之物,空着手去见皇帝,就犯了对皇上的轻慢之罪,弄不好就是杀身之祸。董令矩立时急得团团转,宋千敏见他大冷天头上直冒汗,急忙将他拉到一边问是咋回事?一听是笏板忘在家里,也替他急。这笏板一人一个,上朝时人人不能少,谁光着手,特别显眼,一眼就能瞧见。如何是好?就在这时,金殿上响起三声静鞭,催促群臣赶紧上朝。这三声静鞭如同三声炸雷,震得他们两个人身子都木了。

宋千敏不管三七二十一，"叭"的一声把自己带的笏板使劲儿一折，分成了两段，留下一段，另一段递给了董令矩。董令矩见状吓了一大跳，战战兢兢地说："你这可是欺君之罪，给别人知道了，如何得了！"宋千敏说："火烧眉毛，顾不得了。"就这样，两人各拿着半截笏板，混在大臣里面上朝去了。

因有官衣的宽袍大袖掩着，这件事竟然让他们两个人敷衍了过去。

一晃又过了几年，董令矩告老还乡，回到了老家江苏丰县。他走后不久，宋千敏也奉命到淮安府宿迁县任知县，转眼满了三年任期，宋千敏乘船沿京杭大运河进京缴旨，船刚到微山湖，就传来消息，李自成攻陷了北京，崇祯皇帝在煤山自缢而死，而宋千敏的老家也被闯王的大顺军占了，他是明朝大臣，无论是去北京还是回老家，都无异于飞蛾扑火。宋千敏这下进不得退不得，滞留在微山湖边的南阳镇。

宋千敏把身上的银两分发给了下人，让他们各自寻求去处，自己只留下很少一些，准备在镇上买些生活必备之物，再沿运河转头向下，随便找个僻静的村落住下去。

安排停当后，他下了船，往镇上走去，不多时，他看到路边一个小贩在卖鲜桃，口音与董令矩十分相像，便问小贩是哪里人，这小贩果然说是丰县人，宋千敏又问道："丰县有个叫董令矩的人，你听说过吗？"小贩说："那是俺大爷爷。"宋千敏说："你回去后，请帮我向他带个好，就说老朋友宋千敏路过此地，因赶路程，就不去府上与他一起喝酒了。"这个小贩一听是宋千敏，倒地便拜。

这小贩见宋千敏不肯去见大爷爷，神态上又颇有些落魄，桃子也不卖了，一口气赶了几十里地，急急忙忙回家向大爷爷报信。董令矩听了侄孙带回的消息，精神大振，高声吆喝家人准备车马，自己要亲自去微山湖南阳镇接宋千敏。他这一吆喝，家里人都急了，董令矩已年近七旬，加上天色已晚，如何吃得消几十里地的往返奔波？再说宋千敏自己说急着要赶路，说不定早走了。于是全家上下齐齐拉住董令矩，苦苦劝他不要去。董令矩见所有人都拦着自己，急得眼泪直流，说："你们哪里懂得我那老兄弟！现在国家残破，他老家又被乱兵占领，进退两难，他是因有恩于我，怕别人说他讨报恩才不肯来我家的，现在必定是想躲在哪个地方隐姓埋名了此一生，我迟去一刻，只怕以后再见他就难了！难道你们都想让我抱憾终生吗？"说完，不由分说，一面让儿孙在家里做好准备，一面亲自坐着马车赶往南阳镇。

到了南阳镇，他让家人打着写有"董"字的自家灯笼，沿着停在微山湖边的客船一路喊过去。五六个家人齐声高喊："宋编修，我家老爷接您来了！"那喊声惊得夜栖的水鸟都飞了起来。

再说宋千敏一个人孤坐客船，正心事重重地喝着闷酒，只等着次日天明启程。忽然听到岸上有人在喊自己，出来一看，老友董令矩正带着家人在找自己。多年不见，董令矩已是白发苍苍，老态龙钟，当下心里一热，热泪汩汩涌出，一大步跨到岸上，便朝老友奔去。两个老朋友执手相看，老泪纵横。董令矩一边说着"找到就好，找到就好"，一边指点家人将宋千敏行李搬上岸，又付足了船家银两，带着老友连夜赶回几十里外的丰县。

到了董令矩家，宋千敏总算睡了个安稳觉。老朋友久别重逢，这高兴劲儿就别提了，两个老头子同桌而食，抵掌而谈，整天有说不完的话。这样又过了一个来月，董令矩知道好友心里牵挂着家人，就劝他说："我们遭逢乱世，到哪里不是做百姓？你把家搬过来，就在此过平安日子吧。"宋千敏思虑再三，觉得在目前情势下只能如此，就答应了。董令矩马上安排精干的家人，带上宋千敏的亲笔信，悄悄去了宋千敏家乡，不声不响地将宋千敏一家人都接到了丰县。

在宋家人来之前，董令矩已经在自己家的西花园为他们盖好了几间精舍，两家只相隔一箭之地。从此，两家人犹如一家人，亲亲热热地常相往来，两个老朋友哪天不碰碰面，心里便七上八下地不好受。

一晃又过了几年,到了中秋节,两家人照例又在一起吃赏月酒。酒过三巡,董令矩看看宋千敏满头的白发,说:"老兄弟呀,我今天要做一件对不起你的事了。"宋千敏说:"你这老头子又想出什么鬼点子来?快说吧。"董令矩笑笑,说:"你占着我家的地,住着我家的房子,老是没个说法,这可不好。我想趁现在这个当口,把这块地和房子一起卖给你。"

宋千敏听了,明白董令矩是在为两家的将来着想。现在他们都健在,自然没话说,下面一两代的后人估计也不会有闲隙,但再往后就难说了。他这是要立字为据,不让两家的后人今后生隔阂矛盾,不领这个情,反倒对不起老友这一片热心,就说:"好,老头子你出个价吧。"董令矩伸出一根指头,对着宋千敏摇了一摇,宋千敏知道董令矩不会多要,便说:"十两银子?好,成交。"董令矩摇摇头,又晃晃那根指头。宋千敏说:"你这老头子可真能敲竹杠,那就一百两吧。"董令矩又摇摇头,打怀里掏出一纸契约来,宋千敏接过一看,上面写着"房、地价共计制钱一文",便说:"老头子你小瞧人啊?我宋家虽然穷,一百两银子我还是出得起的,为什么只要一文钱?"董令矩道:"我当然知道你出得起一百两银子,可我就是只要这一文钱。钱少,情才厚!才能让子孙后代都记住我们的情谊!"

宋千敏从怀里掏出一文制钱,从老友手中接过房地产契约,两个白发苍苍的老人认认真真地在上面签上字画好押。从此,董家的西花园和里面的几间精舍都成了宋家的家业。

几百年过去了,董宋两家人已繁衍为紧紧相邻的董宋两个村子,但那份一文钱的契约,一直被两家的后人仔细地保存着。他们和睦相处,从没为任何事情红过脸,仍然好得像一家人。

（刘本夫）

（题图：黄全昌）

住在车棚里的朋友

　　刘刚和妻子小芳刚刚熄灯睡觉,就听到外面有人按响了门铃,刘刚只好起来开门。他先从猫眼向外看,只见外面站着一位手提行李包的男人,再仔细一看,认识,是他大学时的同学,叫林雪峰,他们有许多年没见过面了。

　　刘刚热情地请老同学进门,林雪峰放下行李,脱掉鞋子,才小心翼翼地进来。进门后,刘刚在灯光下才看清楚,这位老同学怎么搞的?原本黑色的行李包变成了灰色,裤腿上还沾有两小片草叶,像是刚从垃圾场过来。

　　林雪峰苦笑说:"我出来快半年了,跑了许多地方,还没找到工作,你看看,弄得一副狼狈相。听说深圳机会多,我这就过来碰碰运气。"

刘刚说："别灰心,你在深圳会找到工作的。"说完,就招呼老同学洗澡,吃饭,然后安排他睡下来。

小芳好像不太欢迎林雪峰,她悄悄对刘刚说："这个人住在家里我怪不舒服的,你得想办法让他快点走,最好明天就走。"

刘刚说："他是我老同学,我怎么好意思赶他?"

小芳想了想,说："那么这样吧,我们说要出差。他总不至于一个人赖在我们家不走吧?"刘刚听了,叹了口气,没有吱声……

第二天清早,刘刚夫妻和林雪峰一块吃饭,小芳假意问林雪峰有什么困难,林雪峰说："最难的是没有落脚的地方。"

小芳说："本来你可以住在我们家,可事不凑巧,我和刘刚都要出差,今天下午就走,最少要几个月后才能回来,非常抱歉。"

林雪峰笑一笑,说："没关系,吃完饭我就走。"

吃完早饭后,林雪峰真的告辞了。刘刚把他送到楼下,林雪峰忽然指着楼下的一排小平房,问："这些小平房是车棚吧?"刘刚说："对,第二间是我的。"林雪峰说："我想把行李暂时放在你的车棚里,不知道行不行?"刘刚说："当然可以。"他当即打开车棚门,让林雪峰把行李放进去。

林雪峰说："还要麻烦你把车棚的钥匙给我一把。"

刘刚脱口说："用不着,你回来拿东西说一声就行了。"

林雪峰说："你和小芳都出差了,谁帮我开门?"

刘刚听这话脸红了,不自然地说："也是。"就给了林雪峰一把钥匙。林雪峰问："要是我拿走行李时,你们出差还没回来,钥匙放在哪里?"刘刚想了想,说："放进我的信箱里吧。"放好行李后,刘刚目送林雪峰远去,他真心希望老同学快点找到工作。

回到楼上,小芳却埋怨说："你不该把车棚的钥匙给他,万一他把我们的摩托车偷走怎么办?"刘刚听了不高兴了,说："林雪峰绝对不是那种人。"

小芳还是不放心,她多了一个心眼,用铁链把摩托车拴到铁门上。晚上,小芳非常惦记着自己的那辆摩托车。第二天天一亮,她就跑下楼到车棚去看,结果发现不但摩托车完好无损,车棚还被扫得干干净净的,墙角有两块折叠整齐的纸板。

小芳把她的发现告诉刘刚。刘刚说:"我的老同学晚上很可能是在车棚里睡觉呢。"小芳不信。当晚,两人就守在窗口,盯住车棚看。守到夜里十二点多钟,果然看见林雪峰回来开门进了车棚。刘刚难过地说:"唉,我的老同学一定是走投无路才来找我,我这样对他,太不应该了。"他要下去把林雪峰请上来。

小芳拦住丈夫说:"你疯了!这样下去不是丢尽脸面了吗?万一姓林的向你所有的同学说三道四的,你还要不要做人?"

刘刚问:"那怎么办?"

小芳说:"以后我们不能在家里弄出太大的响声,晚上不要开灯,上下楼更要千万小心,总之,不能让林雪峰知道我们在家。"

从此,刘刚和小芳就像做贼一样生活,即使不坐摩托车,也戴着头盔上下楼,把脸遮住。最麻烦的是晚上,他们不敢开灯,只好摸着墙壁走。

直到两个月后,在信箱里看到一把车棚的钥匙,刘刚和小芳才长出一口气。他们看到林雪峰只留下钥匙,却没有留下地址,也不知道他去了哪里,再看看车棚的地面,已经被他睡得又光又滑了……

真是天有不测风云,三年后,刘刚供职的公司破产了。

刘刚也像三年前的林雪峰一样,到处找工作,到处碰壁。正在心灰意冷的时候,忽然有一天,林雪峰打来电话,问刘刚愿不愿意加盟他们的公司,林雪峰已经是一家大公司的经理了。

刘刚喜出望外,他问林雪峰:"你怎么知道我失业了?"

林雪峰说:"其实我一直在关注着你。"

刘刚惭愧不已,一时冲动,就说:"我……我以前骗过你,你知道吗?"

　　林雪峰说:"知道,你和小芳一直在家,却骗我说去出差几个月。"

　　刘刚问:"那你为什么还要对我这么好?"

　　林雪峰叹了一口气,说:"我在走投无路的时候,曾经找过许多朋友,结果没有一个人愿意收留我,只有你很爽快地把车棚的钥匙给我,让我住在你的车棚里。正因为有你的车棚,我才站稳了脚跟,才能继续去找工作。不瞒你说,那时候我身上只剩下十元钱,和其他朋友相比,你要好得多,我应该感谢你才对!"

　　刘刚哽咽说:"你……我……"

　　他不知道说什么好,泪水无声地流下来。

(杨汉光)

(题图:张　恢)

漫漫风雪路

快过年了！往年这个时候，祁康华家里可热闹啦，拜年的人像走马灯似的。可今年他从副县长的位子上退下来后，家里是一盏灯照两个人：一个是自己，一个是老伴，那些老关系户像从人间蒸发了一样，再也不见了踪影。

感慨之余，老祁想起一个人来了。谁？他儿时的乡下伙伴，小名叫石头。

早些年，石头几乎每年都来给老祁拜年，带的都是家乡的土特产，可他每次来，家里都是高朋满座。也许是石头觉得自己插不上话，所以往往坐一会儿也就告辞了。

最近两年，石头就没有来给他拜过年了。石头家的情况他是知道的，夫妻俩老实巴交，有两个儿子也是土里刨食的本分人。老祁突然意识到,当初石头一趟趟给他家送土特产,可能是有事求自己,比如给儿子在城里找点事干等等。虽然人家没有开口,但自己也应该想到这一层啊。唉,都怪自己当时太粗心了!

忽然,他有了主意:去给石头拜年! 主意一定,老祁马上穿好大衣,戴上皮帽,围上围巾,另外又揣上八百元钱,出门去了。

这天特别冷,路上刮着大风,天空中还飘着雪花。老祁顶着鹅毛大雪,一步一步艰难地往车站走去。一边走着,老祁心里还在想:今天如果石头能原谅他,就是豁出这张老脸,也要为石头的儿子在城里找份活干。

车站不太远,一会儿工夫也就到了。就在这时,老祁一抬头,发现车站外有个熟悉的身影,一身老棉袄,头戴一顶旧棉帽,背上一个鼓鼓的布袋,头上身上都堆满了雪花。是石头!

老祁高声叫着石头的名字,奔了过去。石头闻声扭过头来,也发现了老祁。老祁问:"石头,这大冷天的,你去哪儿呀?"

石头亲热地呼着老祁的小名:"毛毛,我正要去你家哩,没啥好东西,给你捎点家乡土特产。"

"我也是去给你拜年哩,石头。"

"给我拜啥年? 走,走,回家去!"

老祁点点头,伸手拍拍石头身上的雪花,心里一怔:这雪咋这么厚呀? 于是便问:"石头,你是……咋来的?"

石头嘿嘿一笑:"今天起了个大早,顺着公路走过来的,省俩车钱。"

天哪,背一袋东西冒着漫天风雪走了四十多里路,石头啊,石头! 老祁正要说啥,石头拍了拍他的肩膀,说:"四十多里路不碍事的,我有力气,一抬脚就到了,往年到你家,我也都是走路的,习惯了。"

什么? 想起当初自己对石头的冷落,老祁内疚得几乎要掉下泪来,连忙拦了辆车。石头说:"胯长一截路,花那冤枉钱干啥? 走回去。"老祁不依,硬是把石头按进车里。

到了老祁家,老祁和老伴对石头表现出前所未有的热情,泡最好的茶,送最好的烟,似乎要给石头一点补偿。吸了两口烟,石头像是想起了什么,不由自主地问了一句:"毛毛,不当县长了,还习惯吧?"老祁一听,心里"咯噔"了一下:怎么,石头也知道这事? 看着石头真诚的目光,老祁的眼圈红了。

就这样,两人坐在沙发上,从儿时的事聊起,越聊越投机。中午,老祁第一次留石头在家吃饭,老伴拿出了最好的饭菜,最香的酒。随着一杯杯酒下肚,老祁心里真像打翻了五味瓶:自己在位时,冷落了人家石头,退了,没人搭理自己了,只有石头照样来给自己拜年,陪自己说话,这人呀……

午饭后又聊了一阵,石头就起身告辞了。临走时,老祁摸出八百元钱,塞给石头,诚心诚意地说:"石头,你家的情况我知道,这点钱是我的一点心意,拿着吧!"

石头立刻把钱推了回来,说:"毛毛,乡下日子是苦点,可也过得去。这钱你还是留着吧。"任老祁咋劝,石头死活不肯收。

老祁觉得自己实在该为石头做点什么,就对石头说:"石头,两个孩子在家也苦,我给你想个办法,在城里给孩子找份活干。我刚退,这张老脸现在还管用,以后就难说了。"

没想到石头连连摆手,说:"不,不必了,孩子在家习惯了。"

老祁一愣,当初的所有猜测都错了! 石头并不求什么,他的心里只有一份珍贵的感情。

石头走了,老祁和老伴一直把他送到车站。车开动时,老祁跟着边跑边喊:"石头,明年春节,我上你家喝酒,喝你自酿的'苞谷烧'!"石头笑着挥挥手说:"毛毛,管够!"

看着汽车渐渐远去,老祁的泪水"哗"地淌了一脸……

(黑 子)(题图:杨宏富)

药枕情缘

清河市古城县文化馆有对搭档,一个叫高乐天,是写唱词的,一个叫谢晓禾,是配曲的,两人在一起合作十多年,创作了不少好作品。

这年清河市文化局组织全市新民歌大奖赛,由他俩合作的新民歌《"乐儿嗬喂"唱起来》得了一等奖。大赛结束后,馆长为他俩捧回了奖品:一个药枕。当馆长把这药枕交到高乐天手上时,高乐天犯了难:药枕只一个,自己留下不妥,送给谢晓禾,他肯定也不会要,不如将药枕剪开,一分为二,各得一半。刚好自己颈椎有毛病,谢晓禾患有偏头痛,说不定这药枕能将两人的毛病都治好呢。

高乐天一个电话把谢晓禾招了来,把自己的想法一说,谢晓禾说:"好端端的一个枕头,剪开干啥? 药枕就归你得啦!"高乐天说:"这哪行? 奖是我俩共得的,有我的一半也有你的一半。"说着找出一把大剪刀,"喀嚓喀嚓"一阵忙乎,一会儿就将半边药枕塞到谢晓禾手上,谢晓禾只好夹着半个药枕回了家。

谢晓禾走进家门,就急忙找针线,想把剪开的半边药枕缝好。可当他拿来针线,却发现药枕半开处,露出剪破了的大半张纸条。

谢晓禾抽出纸条一看,发现这是一封信,字迹娟秀,像是出自女人之手。因为信的另一部分在高乐天那半边枕头里,信的内容不完整,但可以看懂大意。信是这样写的:……的某某:我在清河市药枕厂工会工作,喜好文艺,前年丧偶……丈夫生前是位音乐教师……一直想找个文艺界的男士为伴……如果获奖者是位单身中年男士,恰好又看到了这封信,说明咱俩有缘,倘若有意,请到清河市北环路89号见面……

谢晓禾看完信,心儿犹如鹿撞一般,"怦怦怦"地一气乱跳,心想,这女人好生奇怪,这样的信为啥要装进药枕? 万一没人看见,岂不是白忙乎一场? 一大堆疑问搞得他一头雾水。

说起来,这谢晓禾也是个苦命人,他老婆是位演员,歌唱得好,两人志同道合,相敬如宾,以前他创作的作品总是由她试唱。但去年老婆得了急症,不几天就去世了。这回新民歌大赛,还是高乐天在清河市请了一位业余演员帮忙唱的。

谢晓禾在古城小有名气,老婆一死,有位胖胖的银行女主任喜欢他,但谢晓禾思念亡妻,便一口谢绝了人家的好意。可没女人的日子不好过,谢晓禾又当爹来又当娘,白天上班还好说,一到晚上,常觉孤枕难眠。此时他一看完信,就像有条毛毛虫在心里拱来拱去。这天晚上,他枕着半边药枕,闻着阵阵药香,浮想联翩,怎么也睡不着,心里好想有个伴儿同他一起,把后半辈子的日子过下去。

第二天一大早，谢晓禾拿着半封信，想出门找高乐天商量商量，可刚走到门口，他又犹豫起来，在屋里打着转转。这时，外面"嘣嘣嘣"地响起了敲门声，开门一看，来人正是高乐天。高乐天进门就扬了扬手中的半张纸条说："晓禾，你说古怪不古怪？药枕里有封信，你看到没有？"谢晓禾说："怎么没看到，我正想去找你，问问这到底是咋回事儿呢。"

说着，两人坐下来，将各自的半封信合在一起，仔仔细细地研读了好几遍。最后，高乐天说："晓禾，这真是天上掉下个'林妹妹'，好事儿！好事儿！我看你得主动出击，亲自上门一趟，探个究竟。"

谢晓禾心里好奇，也想去探个虚实，但嘴里却嗫嚅道："这成吗？"

"咋不成？"高乐天掸掸信纸说，"你想，全市多少获奖者啊，咋没收到这封信？再说，就算他们收到了，又有谁会想到这信在药枕里？偏偏就是咱俩把药枕剪开了，你说，这不是缘分是啥？"

在高乐天的再三鼓动下，国庆长假的头一天，谢晓禾真的搭车来到清河市。一下车，他就按信上的地址找到了北环路89号。可来到门前，谢晓禾又迟疑着不敢敲门，心想，不如先向旁人打听一下，看看89号的主人是不是真的如信中所说，在药枕厂工作，是单身。

谢晓禾来到隔壁人家，一打听，一点没错，89号的情形真的如信中所说，他还打听到女人的名字叫阿珍。谢晓禾按捺不住心头的喜悦，重又来到89号门前，他刚要伸手去按门铃，忽听"喀哒"一响，那门从里面打开了，谢晓禾心里"咯噔"一下，吓得连门里的人都没看清，转身就跑了。

回到古城，高乐天把他好一通埋怨："你呀，真是烂泥糊不上墙，听我的，明天再去！"

第二天，谢晓禾鼓起勇气又来到清河，这回一按门铃，果然从门里探出一个人来,谢晓禾抬眼一看,心里不觉往下一沉,只见这女人大约五十多岁,头发花白,谢晓禾愣在门口哭笑不得,心想,开的哪门子玩笑,这么大的年纪还玩啥浪漫啊?女人似乎没察觉到谢晓禾表情的变化,十分热情地将他迎进屋里坐下,问谢晓禾有啥事。谢晓禾支支吾吾地说:"我……我找……找阿珍。"老女人正要回应,忽然从里屋传出一个声音:"姐,谁找我啊?"接着从房里走出一个三十五六岁的女人,谢晓禾只觉眼前一亮,这女人不就是帮他演唱《"乐儿嗨喂"唱起来》的那个业余演员吗?那次他在家中看大赛现场直播见过,当时,她的演唱深深地打动了他。此时一见,这女人虽谈不上十分漂亮,但长得眉目清秀,浑身上下清清爽爽,一看就是个会过日子的好女人。

阿珍坐下来,问谢晓禾:"先生,你找我有啥事?"

阿珍一问,谢晓禾的脸"腾"地一下红了,他结巴着说:"我……我是特意按、按你信上的地址找到这里来的。"

"信,啥信?"阿珍大吃一惊,满脸疑云。

谢晓禾心想,啥信?当然是你自己写的信,但这话不能直说,他只好问:"你是不是在药枕厂工作?"

见阿珍点头,谢晓禾便说:"这就对了,那信就放在药枕里。"

"药枕里的信?"阿珍更糊涂了,惊愕地瞪着一双大眼,望着谢晓禾。

阿珍吃惊的样子不像是装的,这一下,谢晓禾也糊涂了,这是咋回事?谢晓禾只好竹筒倒豆子,把他和高乐天如何分药枕,如何发现里面有封信,然后他便趁国庆假期特意从古城赶到清河的事,原原本本地说了一遍。

听完谢晓禾的话,阿珍"啊"了一声,似乎明白了什么,先是脸上一红,然后不禁"扑哧"一笑。阿珍一笑,把谢晓禾也闹了个大红脸,他抹了一把头上的虚汗,慌乱地立起身,打算告辞。

谢晓禾正往外走呢,突然门外有人哈哈大笑,跟着走进一个人来,将他挡在门边。谢晓禾和阿珍抬头一看,忍不住同时惊叫起来:"你……你怎么来了?"

来人正是高乐天,他把谢晓禾拉到沙发上坐下,说:"怎么,刚一来就要走?难道我的表妹你看不上眼?"

谢晓禾愣愣地望着高乐天,红着脸,小声地嘀咕:"乐天啊,你这到底搞的是个啥名堂?"

"啥名堂?"高乐天眯眯一笑,说了起来。

原来,谢晓禾老婆去世后,高乐天总想为他物色一个伴儿,他想起了表妹阿珍。阿珍的丈夫是位多才多艺的教师,可前两年赴藏支教时遇上雪崩,为了保护学生牺牲了,两年多来,表妹一直沉浸在思念亡夫的悲痛中。高乐天想将他们撮合到一起,于是他把他们创作的民歌拿去请表妹唱,新民歌会演结束后,高乐天正想找个机会让他们两个见见面,一见奖品是药枕,灵机一动,就想了个药枕里面藏信的招。

高乐天话一说完,谢晓禾就急切地问:"乐天,这么说来,那封信是你写的?"

高乐天往沙发上一靠,得意而又狡黠地一笑:"这还用问,如果我不想这个法子,哪能说动你主动上门来?"

高乐天说完,谢晓禾这才明白老友的一番苦心:难怪他非要把药枕剪开,分给自己一半,原来这一切都是为了成全他和阿珍哪!想到这里,谢晓禾扭头望了一眼阿珍,见她双颊绯红,粉面低垂,正用眼角偷觑自己。谢晓禾不由心头一热,眼角发红,起身冲到高乐天面前,一把拉住老友的手,双唇哆嗦着想说点啥,却又喉头发哽,一句话也没说出来……

(赵　风)

(题图:魏忠善)

亲爱的傻叔叔

凌山有个公路超限检查站,周涛是站里的工作人员,他工作认真负责,为人也很热情,可过往的司机们却对他的意见最大。咋回事?问题就出在他的叔叔身上。周涛的叔叔是个傻子,酷爱抽烟,常跑到超限检查站向司机们要烟抽,一来二去,他还抽出了水平,十元以下的烟不抽,要给就得给好的。

有的司机就编了个顺口溜:"要想过凌山,得过两道关,一要交罚款,二要上好烟。"

周涛其实也很恼火,这个傻叔叔,并不是周涛的亲叔叔,是爸爸妈妈不知道从哪里领来的傻子。周涛小时候也曾问爸妈,傻叔叔是从哪里来的,为什么对他那么好,他们总是说,你还小,你不懂。

傻叔叔每次来检查站,周涛都要想法赶他走,可稍不注意,他就又跑回来了,弄得周涛也没了办法。

这天,检查站又拦住几辆超载的大货车,刚刚处理完,就见从路旁停着的一辆轿车上下来几个人,原来是省里派来治理公路三乱联合检查组的成员。检查组组长瞅着周涛说道:"听说这里还有个香烟检查站,我们观察了一会,果然不错……"

周涛的脸"刷"地就红了,刚才他也瞥见傻叔叔又在要烟,只是忙得没顾上赶他走。

组长意味深长地说道:"我们的工作人员不但要管好自己,还要管好家属,哪怕他精神上有问题……否则,小事也会带来极大的消极影响。"

那一刻,周涛羞愧得恨不得挖个地洞钻下去。事情过后,周涛又受到了站长的严厉批评,站长说,再不管好傻叔叔,恐怕周涛就得考虑一下自己的工作问题了。

周涛从站长室出来,一怒之下把傻叔叔关进自己的办公室,直到下班时才打开门,对傻叔叔说:"来,坐我的摩托吧,我带你去一个好地方,那里有好多好多香烟。"傻叔叔一听有烟抽,喜滋滋地上了摩托车,周涛加大油门朝野外驰去。他已经暗暗下了决心,要把傻叔叔带到远处丢弃。

傻叔叔坐在摩托车上,高兴得呵呵直笑,周涛开得稍快一点,他就喊:"涛涛,慢一点啊,别摔着了。"

顺着公路走了一段,周涛拐到一条土路上,在土路上颠簸了半小时后,太阳落山了,路的前方出现了一条铁轨。

"我要看火车,呜呜……"傻叔叔胡乱喊叫着。周涛把摩托停下,傻叔叔跳下车,跑过去,趴在那里,把耳朵贴在铁轨上,兴奋地喊:"我听见铁轨响了,火车快来了……"

"呜——"远处传来火车的轰鸣声,周涛想起一个办法:先把傻叔叔带到铁轨另一侧去,等火车过完,自己也就骑着摩托走远了。于是他骗傻叔叔说,铁道那边看得更清楚,就把他带了过去。周涛还递给傻叔叔一个手电筒,这是他出来前就准备好的,为的是让傻叔叔在夜间走路时不至于掉到沟里去。

铁轨嘎嘎作响,火车愈来愈近,周涛急忙往回走,铁轨在这里有个岔道,当周涛走到岔道的时候,一不小心,左脚死死地卡在了岔道里。

火车隆隆地奔驰过来,再不把脚拔出来就危险了,可越是慌张,越是拔不出来。火车越来越近,周涛已经能看见那冒着白烟的车头了,他绝望地闭上了眼睛……突然,他听到一声怪叫,周涛睁开眼睛:是傻叔叔!只见他怪叫着迎着火车跑过去……

随着一阵刺耳的刹车声,火车终于在距离周涛几十米的地方停了下来,而火车头几乎快擦着了傻叔叔。周涛出了一身冷汗,他蹲下身来仔细一看,原来是鞋带缠在铁轨岔道里了,他赶忙一用力,把脚从鞋里拔了出来。

等周涛跑到火车跟前时,火车司机已经下来了,问道:“出了什么事?”周涛忙跑上前去,只见傻叔叔手里的手电筒亮着,发出刺眼的红光,周涛接过来一看,上面湿漉漉的,竟然是血!原来傻叔叔把手指咬破,涂在手电筒上,制成了司机容易发现的“红灯”,拦下了火车。

一时间,周涛的眼睛有点湿润了,是傻叔叔救了自己的命!没想到他在关键时刻竟这么机警、勇敢……

“给我支烟抽!”突然,傻叔叔向火车司机伸出了手。司机一愣,不知道是咋回事,傻叔叔继续说道:“我截住汽车,人家还给支好烟,你们的火车这么长,怎么也得给一盒吧!”

这时,司机已经看出他是个傻子,反问道:“你截住火车就是为了要烟?”

“嘻嘻……不然我截火车干吗?”傻叔叔脖子一梗说道。

周涛一听,差点晕过去,原来还是为了要烟啊,唉,傻子到底是傻子。周涛顾不得听傻叔叔的胡话，急忙赔着笑向司机解释，说了一大堆好话，司机才余怒未消地上了火车。

目送着火车渐渐远去，周涛准备回去了，一回头，才发现傻叔叔不见了，他叫了几声，没有回音，又到旁边找了一圈，仍不见傻叔叔的影子。没想到他还真丢了，周涛说不清心里是啥滋味，想了想，决定先回家再说。

一听说傻叔叔不见了，爸妈立刻慌了神，当即和周涛一起连夜寻找。找了大半夜，没有找到，周涛有点泄气了，可爸妈都不肯放弃，妈妈想了一会，突然轻声问爸爸："你看，他会不会是回去了？"爸爸说："你是说，他回老家平家川了？"妈妈点点头："嗯，毕竟那里有一段他忘不了的记忆……"周涛注意到，妈妈说这话时脸有点红，可爸爸却像没看到似的，说："好，明天我们就回老家！"

第二天一早，三人就赶到了老家，他们从附近的村子打听到，今天早上，确实有人看见一个傻子朝平家川走去。一位老乡提醒妈妈："你仔细想想，你们以前经常在哪里见面，会不会在那里？"妈妈想了想，恍然大悟，说："我知道了，他一定在那里！"说着急步走去，一行人在后面紧紧跟上。翻过一道山梁，眼前出现一片树林，妈妈细细地查看着一棵棵树木，喃喃地说："在这里，他真的在这里！"

树上到底有什么记号呢，周涛凑上去细瞧，终于发现，好几棵树上都有一朵用树枝刻上去的小花，花蕊指向树林深处，妈妈他们正朝花蕊所指的方向找去呢。走了没多远，大家都停住了脚步，周涛挤进去一看，地上坐着的果然是傻叔叔。两天不见，他显得更加难看，头发蓬乱，满脸污垢，但两只眼睛却出奇的明亮，此刻他定定地望着妈妈，流露出幸福的目光。

"蕊，你来了，我知道你一定会来的！"他嘿嘿笑着说。周涛听傻叔叔这样叫，吓了一跳：妈妈的名字叫谢蕊，但自己还从没听过有人这么温柔地叫她呢。

"我知道你在这里等我,我怎么能不来呢?"妈妈轻声说。

爸爸上前去搀扶叔叔,叔叔艰难地站起来,不知怎的,腿一软,差点没摔倒。爸爸俯身挽起他的裤脚,只见他的腿肿得老高。

周涛的脸"刷"地红了,这里距傻叔叔走失的地方足有一百多里,不知道他是怎样跑回来的。周涛想起口袋里还有一包烟,就掏出来递给叔叔,叔叔看到烟兴奋极了,抽出几支四面递着:"抽烟,抽烟,我会抽烟,这可是好烟啊!"

趁这个机会,周涛对妈妈说:"傻叔叔找到了,我看他在老家挺适应的,不如就让他在这里住下,你和爸爸有空还可以回来看看……"

话讲到一半,妈妈还没说什么,爸爸先不乐意了,他训斥道:"你叔叔是为救你才走失的,你竟然还想把他一个人丢在这里,你这孩子怎么这样没良心!"

周涛受不了了,攒在肚里的不满也忍不住发泄出来:"他是为救我吗?还不是为了要几根烟!一个傻子有什么好,值得你们天天供养他!你们不嫌丢人,我还嫌丢人呢!"

爸爸一听气得浑身颤抖,举起巴掌就要打,妈妈赶紧拦在他们中间,哭着对周涛说:"儿啊,你已经不是小孩子了,有些事应该让你知道……你说傻叔叔不是为救你?我就告诉你吧,这已经是他第二次救你了!"

周涛惊讶地瞪大了眼睛,妈妈长叹一声,说:"你的傻叔叔,很久以前就和妈妈认识了……"

妈妈说到这里,脸上泛出甜蜜的柔情,似乎又回到了过去的岁月。

那时,妈妈和叔叔青梅竹马,关系一直很好,后来便常常在这林子里约会,叔叔为了让妈妈顺利找到他,总在树上刻上记号,如果不是爸爸的出现,也许他们会成为美满的一对。

那时候,爸爸在县城上班,那可是很光彩的事,他也相中了妈妈,每次回来的时候,口袋里总是装上几包好烟。外公好抽烟,爸爸见了他就恭敬地请他抽,慢慢地,外公就看不上叔叔了,不止一次对妈妈说:"你看他有什么好,连个烟也不会抽,酒也不会喝,这样的男人,一辈子也不会有出息的。"

说的次数多了,妈妈也动了心,渐渐冷淡了叔叔。就在爸妈结婚的时候,叔叔大哭一场,躺在床上三天三夜不吃不喝,起来后就有点神情呆滞……

听到这里,周涛有些发愣,他定了定神,问妈妈:"那您刚才说……第二次救我?"

妈妈擦了擦眼泪,在周涛疑惑的目光中,继续说了起来:

"我和你爸结婚一年后,一天夜里,突然下起了暴雨,山洪暴发,老家的地势低,很可能被洪水淹没。这时你爸爸不在家,我又怀着你,行动不便,就在千钧一发的时候,你叔叔冲了进来,抱起我就走,等他把我抱到安全的地方,再回去搬一些生活必需品时,房子倒塌了,一根房檩砸在他后脑壳上,当时就把他砸昏了。后来他被别人救了出来,但醒来后就变成了这个样子……"

周涛惊呆了,他万没有想到,傻叔叔竟是这样来到他家的……

"他是因为我们才变傻的,我们欠他的实在太多,这一辈子都还不清,还能对他不好,让他再受苦吗?"爸爸说着,扶着叔叔就要走。

周涛如梦初醒,赶忙上前说道:"叔叔,我的亲叔叔,让我背着你好吗?"他弯下腰,背起叔叔,一步一步,稳稳地朝树林外走去……

(郭　选)

(题图:安玉民)

武松打店

谢师傅是县剧团最有名的老武生,只要提起他的《武松打店》,人们个个赞不绝口,都夸他把武松演神了。如今谢师傅已经七十多岁,还在剧团当老师,一身武艺仍然不减当年。

有谢师傅这么一个宝,剧团自然不愁没饭吃。但团长眼光看得更远,谢师傅不但是剧团的宝,更是国家的宝啊!所以,剧团专门请来了城里最好的摄像师,要把谢师傅的《武松打店》拍下来,作为永久的资料保存,让老艺人精湛的表演艺术代代相传。

拍摄一开始进行得很顺利,可当拍到"金线跑马"这一段时出了岔子。

金线跑马是《武松打店》里最精彩的一个招式。武松同孙二娘开打,孙二娘手里的匕首舞得流星一般,武松先是用一连串的筋斗避开她的锋刃,随后蓦地飞起一脚,把她手里的匕首踢到远处,待她一个"鹞子翻身"飞到匕首跌落处时,武松突然两腿一"劈叉",双手前伸身前倾,像离弦的箭一样在台板上疾速滑行,以迅雷不及掩耳之势抢在孙二娘之前把匕首夺到手。

这个招式,谢师傅每回演每回博得满堂喝彩。

这次拍摄,扮演孙二娘的演员姓吕,是谢师傅的得意门生,虽说平时从来没有和谢师傅配过戏,可在团里也是挑大梁的演员,平时演孙二娘就是她的拿手好戏,可不知怎么搞的,今天手里的匕首就是舞不好,舞着舞着就失手飞了出去。

这可急坏了在一旁观看的团长,拍摄结束后,他找到小吕,打算做做她的思想工作,让她放下包袱,放松去演。

他问小吕:"是不是因为第一次和老师配戏,你心里紧张了?"

小吕没说话,只是摇了摇头。

团长说:"你有什么顾虑尽管说,只要能办到的,团里一定为你创造条件。"

小吕吞吞吐吐了半天,才说:"团长,我这段时间不知道怎么了,特别怕酒,一闻到酒的味道头就晕。谢师傅身上的酒味实在太重了,我只要往他身旁一站,闻着酒味,手就开始发抖了。"

这下团长有些为难了,他知道:谢师傅好酒,走到哪里,一只军用水壶背到哪里,水壶里装的不是水,是酒。渴了,他不喝水,喝几口酒;饿了,他可以不吃饭,喝几口酒;哪怕身上有点不舒服,他照样可以不吃药,几口酒下肚,立刻就在舞台上翻起了筋斗。所以,酒对谢师傅来说,是水,是饭,是药。团长听谢师傅说过,他之所以至今还能保持当年的武艺状态,靠的全是这水壶里的酒。所以,酒就是他的生命!

这几天摄像很累,要求又高,谢师傅喝酒比平常几乎多了一倍,摄像的时候,水壶就放在侧幕边,拍一段,他就进侧幕喝几口酒,只要一喝酒,他就精神陡增。这种情况下,怎么能不让他喝呢?

团长只好劝小吕说:"小吕啊,这个问题可难死我这个当团长的啦!你年轻,从大局出发,能忍就尽量忍忍,怎么样?"小吕也知道此事惟一的解决办法,就在自己身上。况且谢师傅是自己尊敬的老师,她怎么忍心因为这一点事儿去向老师提什么要求呢?小吕向团长表态,一定争取接下来一次拍摄成功。

于是《武松打店》的拍摄又继续开始了,团长亲自督战,站在大幕边指挥。

开拍后,一切还算顺利,但团长心里清楚,只要没关机,就不敢掉以轻心。果然,戏演到武松踢掉孙二娘手中的匕首后,小吕在做"鹞子翻身"的动作时摔倒了,拍摄被迫中断。后来,专为这个"鹞子翻身"的动作补拍了几次,可是都不行,团长只好宣布,拍摄暂停,什么时候开机,等通知。

团长说不出具体开机时间,实在是心有苦衷。你想,小吕不可能马上过得了晕酒关;换人吧,原来和谢师傅配戏的"孙二娘"倒也是个老艺人,可惜已经故去,而能担纲挑起这个角色的,目前团里就小吕一个;谢师傅这一头呢,且不说团长开不出要他暂时不喝酒的口,就是他自己真不喝,身子能撑得住?团长思来想去,没一个好办法,急得在办公室里团团转。

就在这时候,只听一阵敲门声,进来的是谢师傅。谢师傅来找团长,也是因为他对小吕的连连失手百思不得其解:这孩子平时演孙二娘一直不错,为什么这次老出毛病?不该呀!就算是和自己配戏紧张吧,可她是自己教了这么多年的学生,也不至于紧张到这个程度啊?谢师傅对团长说:"我总觉得这事情有点奇怪。按说我是她老师,问问她也没什么,可我发现这孩子怎么这几天见了我总躲躲闪闪的样子。要不你去问问,我看一定有原因。"

"是有原因啊!"团长脱口道。

"呃,你知道?"谢师傅迫不及待地说,"那你快说,到底是怎么回事?"

"这……这……熏……熏……"团长想说又不敢说,一时张口结舌,不知怎么说好。

"你是说熏酒?"别看谢师傅年纪大了,但脑子很灵,团长一个"熏"字,他就猜到可能是和自己喝酒有关。"哈哈哈哈!"谢师傅朗声大笑起来,"我的团长哎,你怎么不早告诉我呢,这事儿还不好办? 我不喝就是了嘛!"

团长一听谢师傅主动说这话,不禁喜出望外:"谢老,谢谢您啊!"他紧紧握着谢师傅的手,当晚就向全团下达了第二天继续拍摄的通知。

可没想第二天临开拍前,团长看到谢师傅还是照样背着他的那只军用水壶,上台之前,还是照样把水壶往侧幕边一放。团长心里一个"格愣":这老头子,怎么说话不算数? 团长的拎包里有一瓶正宗的茅台酒,他本来打算待拍摄结束后拿出来,好好犒劳犒劳谢师傅,"唉,"他边摇头边在心里叹气,"看来,这酒是白白准备了。"

突然,团长看到谢师傅把小吕叫到侧幕边,不知对她说了些什么,小吕出来的时候,显得很激动的样子。而这个时候,谢师傅又举起了他那只要命的水壶,团长的心提到了嗓子眼,叹一声:"完了,看来今天又是一场空!"

但出乎团长预料的是,今天的拍摄却进行得非常顺利。当谢师傅和小吕完成整折戏的表演,两个人同时做完向观众谢幕的动作之后,团长和在台下观看的全团人员禁不住连声叫好。团长兴奋地从拎包里拿出茅台酒,向台上走去:"谢老,难为你啦……"

可是团长话音未落,突然就看到谢师傅的身子一晃,幸好这时候小吕正挽着谢师傅的胳膊,赶快用力扶住,谢师傅才没有倒下去。小吕朝旁边人大叫:"快,快拿酒来!"有人急忙去侧幕边拿谢师傅放在那里的水壶,小吕急得大叫:"那是空的,里面没有酒。"团长一听,一个箭步冲过去,一把把手里的茅台酒瓶盖子打开,对着谢师傅的嘴巴就灌。

只见谢师傅"咕嘟咕嘟"喝了几口酒之后,慢慢睁开了眼睛,见大家都瞪着眼睛围着自己,他"嘿嘿"一笑,晃晃悠悠地站直了身子,朝小吕眨眨眼说:"嗨呀,你看老师多没用,喝不了酒就成这个样子……"

"老师,您……"小吕话没出口泪先流了下来,"老师,原谅我,学生让您受苦了!"

她转过头来,哽咽着对团长说:"团长,老师为了让我配好戏,从昨晚就开始不喝酒了,他今天在侧幕那儿闻壶里的酒味,硬是用这个来提神啊……"

团长愣住了。

(肖　洪)

(**题图**:魏忠善)

款 款 陌 路 情

对别人表示关心和善意,比任何
礼物都能产生更多的效果,比任何礼
物对别人都有更多的实际利益。

两个脚印

　　刘军刚考上大学，是全村二十年来第一个大学生。他家穷，从小到大学费都是村里张家一点、李家一点凑的。

　　来到省城报到的第一天，刘军发现这里东西贵得吓人，自己口袋里那一点钱，根本就不够用，但再问乡亲们要钱，却无论如何也说不出口了。怎么办？男子汉还是得自己挣钱！刘军出去逛了一圈，发现马路上常有做家教的广告。嘿，有门儿！干脆做家教得了，于是他便回去照着样儿写了些广告贴出去。所幸自己这所大学在省城有些名气，一个星期后，有回音了，这家有一个叫小强的高中生，快要高考了，急着请家教作考前辅导，每周三、周六上午上课，正好这两个时间刘军都有空，他开心极了。

　　星期三很快到了。第一次去城里人家，刘军有些腼腆，也有些紧张。开门的是小强妈,五十多岁的样子,是个刚刚退休的工人。她很热情地把准备好的拖鞋拿到门口,招呼刘军换鞋,然后又拿了瓶可乐给他,说:"从乡下考到城里上大学,真是不容易啊!我们家小强舒坦日子过惯了,眼看就要高考了,这孩子还是稀里糊涂的,得请你多费心了,除了教他功课,还希望你能把自己的经历告诉他,你们年龄差不多,估计能谈得拢。"刘军挺高兴,人家都说城里人势利,看来这种说法也未必对。

一个上午很快过去了,眼看就要吃中饭了,刘军觉得内急,想大便,可又一想:城里人家规矩大,进门还要换鞋子,这上一趟厕所,不知又有什么规矩,万一自己犯了忌,这份好不容易找到的活儿,不就没戏了吗?于是,刘军就一直憋着,想等辅导完了,再到附近的公用厕所解决问题。可有时,人越急这事儿越跟你作对,今天,小强的题目特别多,到了十一点半还没讲解完,刘军心中暗暗叫苦。终于,他憋不住了,结结巴巴地问小强:"小强,你们家茅坑在哪儿?"小强吃了一惊,回答道:"哦,你是说厕所啊,喏,就在厨房隔壁。"刘军后悔自己失言,人家城里人不兴叫茅坑,唉,让人见笑了不是!

刘军小心翼翼地进了厕所,把插销插上,一看,这厕所不大,地上墙上都贴满了瓷砖,白乎乎的一片。刘军想找个蹲的地方,可哪有啊?这里边只有一个抽水马桶,旁边放了些杂志和报纸,此外就是一个浴缸和一个洗手池了。刘军以前听别人说过,城里人都是坐着上厕所的,有时还翻翻报纸,看来这家人家也是这样!刘军盯着白色的抽水马桶看了半天,终于小心翼翼地坐了上去,由于第一次用这玩意儿,心情又太紧张,怎么也拉不出来,可肚子又很疼,怎么办呢?刘军像热锅上的蚂蚁,浑身不自在。这时,他无比想念农村家乡的茅坑。那茅坑是建在田里的,虽说蚊子苍蝇一大堆,但就是觉得爽,一边蹲着,一边还能从茅房的窗户往外看,碧绿的田地一眼望不到头,各种不知名的野花开在路旁,牛儿悠闲地吃着草,真是自然、惬意,哪里用得着看报纸!可这城里人家的厕所,整个白乎乎的一片,窗户紧闭,尤其是这个抽水马桶,坐上去,总也使不上劲儿。

刘军想到人家还等着自己教题,急得汗都下来了,毕竟,这份工作也不容易找啊,自己的生活费可都指望这活计呢!人一急,想得一多,就更拉不出来了。正在焦头烂额的时候,刘军突然灵机一动,对了,干吗不能"人造"一个茅坑呢?他顾不得想许多了,把马桶盖翻了上去,两脚小心地慢慢蹲到马桶两侧的边沿上。可太滑了,几次试下来,都不行。过了不少时间,他终于蹲稳了,感觉也好多了,虽比不上家乡的茅坑,但总算不用坐着了。很快,刘军就"完成任务"了。刚冲完马桶,就听外面小强妈问小强:"强强,功课辅导完了吗?"小强答道:"老师在上厕所。"听到这里,刘军急得不行,匆匆把裤子提上。

刘军满面通红地走出来,恰好碰到小强妈。她看刘军脸色不对,关切地问道:"小刘,你脸色不好,是不是哪里不舒服?跟阿姨说,不要紧的。""没……我很好,没什么不舒服。""哦,那就好。"刘军又给小强辅导了一会,便起身告辞:"阿姨,我学校里有事,得赶紧回去。"小强妈说:"不管什么事,先跟我们一起吃饭吧,饿着肚子怎么行?""哦,不了,不了,我还是回去吃的好。"说完,他就往门边走。小强妈见拦不住,只好把他送到门口。

出了门,一阵清新的空气扑鼻而来,刘军顿感浑身轻松。可才轻松了没几分钟,他突然想到,自己上完厕所后,一时慌张,竟然没有把马桶上面的脚印擦掉。"坏了!我怎么那么粗心!"刘军心里暗骂自己。万一那家人家猜出了事情的原委,肯定不会再要自己去辅导了!记得前几天,同学们在谈论家教时,都说现在人越来越精了,情愿花大价钱请一线的教师或者水平高、常带毕业班的退休教师给自己孩子开小灶,像他们这样没有经验的大一学生,如今要找份家教,是越来越难了。可这么好的机会,居然被自己……想到这里,他懊恼不已。

接下来的几天里,刘军心里一直忐忑不安,为自己的粗心后悔不迭,星期六就要到了,不知自己的命运如何。好不容易熬到星期五晚上,电话铃响了,是找自己的。刘军不安地拿起了话筒,只听那头传来了小强妈的声音:"是小刘吗?哦,我想跟你打个招呼,明天我们一家要外出,你就不用过来了,不好意思啊。"刘军机械地应承着,可大脑里一片空白,根本不知道自己在说些什么。唉!好好的一份活计就这样丢了!刘军灰心极了。

转眼又快到星期三了,那家人再没有打过电话来。刘军想:要不还是去一下吧,万一侥幸能够挽回呢?为了生活,他下决心厚着脸皮去碰一下运气。

刘军鼓起勇气再次敲响了小强家的门,还是小强妈开的门。"哎呀,是小刘来了啊,我们小强正等着你呢,他说你上次讲得很清楚,而且你在农村的一些经历对他也很有帮助。"小强妈的热情使刘军大感意外:难道他们就没有发现我的秘密?

辅导功课时,刘军还是有些紧张,不知道自己这份差事能做到什么时候。这天中午,小强妈一定要留他在家吃饭,刘军推脱不过,只得答应了。他进卫生间洗手时,忽然发现抽水马桶的两边多出了两个矮架子。顺着架子上去,刚好可以蹲下来解手,又稳当又干净。刘军眼睛一红,什么都明白了……

其实,那天刘军走出厕所时,小强妈就发现他脸红得像炭火,神情反常。刘军走后,小强妈来到厕所间,一眼就看到了马桶边沿上的两个脚印,她一下子明白是怎么回事了。善良的小强妈什么都没说,到外面请木工做了两个木架子,放在马桶两边。这样,既能解决刘军的实际困难,又顾及到了他的自尊心。

看着眼前的一切,刘军一字一句地在心里对自己说:"刘军啊,你一定要珍惜这个机会,对得起这份情义啊!"

(樊新霞)　(题图:魏忠善)

家中有狼

　　一天,刚刚从警校毕业的大学生王小丹到一座名山去游玩,不料迷了路,天黑时分,来到一座陌生的大山山脚,人生地不熟的,不知往哪走了。正好此时,她看见远处有一丁点灯火,便向灯火处走去,想求一地方借宿。

　　走近一看,这是三间老瓦房,单门独户,在黑夜里显得格外的孤寂。王小丹上去敲了几下门,一会儿,门"吱"地一声开了,一个老大妈从门里探出一张老脸,看了一下,见门外站着个漂亮的大姑娘,一看就知道是城里人,便吃了一惊,王小丹连忙说:"老大妈,我是到山上旅游的,迷路了,想在您这住一晚。"老大妈一听,吓得身子打了一下哆嗦,说:"不行,我家里有狼,住不得,你快走吧!"她说罢,便慌慌张张地关了门。

听说有狼,王小丹吃了一惊:莫非这老大妈是个怪人,养了一头狼? 和狼同居一室? 说到狼,王小丹就更怕了,这深山野岭的,要是真的蹿出几只狼,不把她连骨头都吃了? 于是,她干脆连脚步都没挪,就坐在门外,她认为这里是个最安全的地方。

谁知屋里的老大妈又"吱"地打开门,说:"你不能坐在这里,这里真有狼啊!"这时,门又"吱"地开大了一点,一个小女孩从门里探出头来,看着这个陌生的漂亮姐姐,小女孩说:"奶奶,还是让姐姐进来吧,她在外面更危险。"这小女孩少年老成,说话像大人。老大妈想了一下,把门打开,伸出手,把王小丹拉进屋里,把大门关上。

王小丹还来不及仔细看,就被老大妈拉进了一间房子里,房子里有一盏电灯亮着,看得见房里有一张床和几件陈旧的家什。老大妈拉开床上的蚊帐,把王小丹往床上推,又把房门关上,如临大敌一样。老大妈和小女孩随后也上了床,熄了灯,不敢弄出一点动静。

这是大热的暑天,三个人挤在一张床上,王小丹哪睡得着? 好在这大山里空气好,晚上也不显得闷热,可王小丹从没在大热天里没洗澡就上床睡觉的,而且像是有蚊子"嘤嘤"地在耳边飞,叮着她咬。这样,王小丹就更想洗澡了,她小声地对老大妈说想洗澡,老大妈嘀咕道:"城里人就是事多。"说完,便摸索着起床,对小女孩说:"凤儿,去,你去大门口开一条缝守住,听到动静,你就咳两声。"

那个叫凤儿的女孩就应声去大门望风,老大妈对王小丹说:"你先等一等,我去烧水。"王小丹说:"大妈,我洗冷水。"于是老大妈便带王小丹去厨房,厨房里接了山上流下的泉水,王小丹脱了衣服便洗。正洗着,凤儿忽然咳嗽了两声,老大妈也顾不上王小丹洗没洗好,拉上她就往房里藏,凤儿也进房关好门。这样神神秘秘、躲躲闪闪的,难道真有狼? 但是,看这一老一小的神态,也不像是对待真狼的样子,到底是怎么回事?王小丹心里"怦怦"直跳,连衣服也不敢穿,吓得躲藏在床角,不敢出声。

过了好一会,没有动静,老大妈才松了一口气,对凤儿说:"凤儿,你听错了。"凤儿说:"我怕嘛!"王小丹这才穿好衣服,睡在床上,她肚子不饿,口也不渴,走了一天,累了,她真想好好睡一下,可是她睡不着,怕狼。

山里的蚊子真是多,也不知它们是怎么进来的,反正蚊帐里全是蚊子,老大妈也睡不着,一会儿,她坐了起来,坐在床头,慢慢地脱了上衣,裸露着上身。窗外夜色朦胧,王小丹看了一眼老大妈,看见她干瘪的身子,想到女人老了便是这个模样,心里不觉酸酸的。

又一会儿,老大妈推了推凤儿,说:"凤儿,睡着了吗?"凤儿被推醒,说:"奶奶,什么事?"老大妈说:"你也把衣服脱了。"凤儿说:"奶奶,我睡觉从不脱衣服的啊!"老大妈说:"叫你脱你就脱。"凤儿只得脱了上衣,露出白嫩嫩的身子。王小丹想,老大妈可能是有什么怪癖吧?王小丹心想,该轮到她脱了,便动手脱上衣,老大妈拉住了她,说:"你别脱。"

凤儿脱了衣服,一会也睡着了,偶尔也梦呓几句,用手拍拍身子。又过了一会,王小丹也睡着了,只有老大妈没睡,一夜坐在床头。

天亮了,王小丹才看清了老大妈的长相,这是个满脸皱纹的慈祥老人,背驼得厉害;凤儿长得瘦小,蛮精灵的。要走了,王小丹给了老大妈五十元钱,老大妈说什么也没要,她对凤儿说:"凤儿,去,你送姐姐一程,你要把姐姐一直送到前面的村口,村口人多就不怕了,路上要是看见狼来,你们就躲,狼昨晚一夜没回来,说不定今早回来。"凤儿应了一声,和王小丹上路了。

路上,王小丹有好多话要问凤儿:昨晚她们为什么要脱衣服?狼是什么样的?凤儿倒是口齿伶俐,她一一道来:"山里蚊子多,那长脚的花蚊叮人又疼又毒,床上三个人,姐姐是城里来的,皮肤又白又嫩,肯定被蚊子多叮咬,奶奶脱了衣服,是吸引蚊子多叮她的,可是奶奶毕竟老了,皮肤都打皱了,所以蚊子不大会咬她,奶奶就叫我脱,我的身子和你的一样嫩,我脱了,蚊子就只咬我了……"

王小丹一听,眼眶热了,泪珠儿直打转,她也不管凤儿愿意不愿意,扒开了凤儿的上衣,这下她看清了,凤儿的身上有一道道伤痕,有的还有血痂,除此之外便是蚊子叮咬的红斑斑,密密麻麻的。王小丹一把搂住凤儿,呜呜地哭了,她从没有这样感动过,山里的人家,真是太好太善良了。

过了好久,王小丹抚着凤儿身上的伤痕,问这伤是怎么来的,凤儿咬了咬嘴唇,说:"狼爪子抓的。"说到"狼",凤儿说,其实那狼不是山上的狼,而是她的父亲。父亲?王小丹大吃一惊,父亲怎么变成狼了?

凤儿说,她父亲好赌,家里的东西都被他赌光了,她一岁半的时候,妈妈被他"赌"跑了,妈妈跑了以后,他干了见不得人的事,犯了强奸罪,坐了十年牢,去年才出来。出来后,他仍不悔改,老是去赌,奶奶说他,他就打奶奶,还打她,因为妈妈不回来,父亲拿她出气。凤儿说,父亲的坏没有改,前些日子,在路上拦了一个女人,女人又哭又叫,惊动了村里的人,才没有出事。村里人都叫他"狼",她和奶奶背地里也这样叫他。奶奶昨晚不想留王小丹住宿,是因为怕狼回来,狼可是什么事都干得出来的,到时候谁也救不了她,但奶奶怕不留,她又会在路上遇上真狼,那就更坏了,所以最终奶奶还是留下她了。

原来是这样的啊,王小丹全明白了……

说话间,两人走了二三里路,过了山弯,前面有个村子,村子旁有公路,王小丹可以坐车回城里去了。凤儿把王小丹送到村口,就告了个别,回去了。

谁知凤儿刚回到家,王小丹又回来了,她说今夜还想住一晚,她要等狼回来,狼毕竟是人,她要劝他痛改前非,重新做人。老大妈吃惊地说:"我的儿子我知道,你一个大美人劝他,这是羊入虎口啊!万万不可,你趁早赶快走吧!"可王小丹就是不走,她很自信,她能劝回这头狼,老大妈和凤儿这么善良,王小丹认为她应该冒这个险。可老大妈着急得不行,说:"要是狼回来把你糟蹋了,这可怎么好?这个没人性的畜生,他可是什么事都干得出来的!"

最后,王小丹还是留了下来,可不知什么时候凤儿不见了,一直到天黑,凤儿还是没有回来,这一夜王小丹怎么也睡不着,她想着凤儿,等着狼回来,可是,这个晚上竟是出奇的平静,狼没有回来,凤儿也没有回来!

天亮了,老大妈把王小丹送出门口,对她说:"你放心地走吧,路上不会遇到狼了。"王小丹和老大妈道了别,走了。

走到山弯,王小丹忽然看见一个熟悉的身影,凤儿,是凤儿在路上等她!王小丹快步跑上去,问凤儿:"昨晚你去哪了?一夜没回来!"凤儿说:"我奶奶不愿你冒险,怕我爸回来伤害你,叫我去找我爸,我在我爸赌钱的地方找到了他,对他说,有个女警察找上门来了,怕是有什么事,我爸一听怕了,就躲起来了。"

王小丹的眼眶里湿漉漉的了,她说:"凤儿啊,你们真是好人!"

半年后,王小丹当了警察,她把从警后的第一张照片寄给了老大妈和凤儿,她在照片背面写着:"我会回来的。"

(黄自林)

(题图:黄全昌)

黄金无价

　　那年春天,东北抗日联军某支队连长王振江在一次战斗中和部队失去了联系,为了找到部队,他在林海深处艰难跋涉。这天,他又累又饿,跌跌撞撞地来到一条河边,正要趴下去喝口水,忽然眼前一阵发黑,就倒在了地上。直到几天以后,他才完全清醒过来,原来是几个好心的淘金人把他从河边救回了地窖子。

　　这是一支二十多人组成的淘金队伍,把头姓金,是个五十多岁的精壮汉子,中等个头,长得粗犷剽悍,浓眉下那不怒而威的眼神更显得咄咄逼人。王振江朝把头一抱拳:"老大……"把头好像知道他的来意,摆摆手说:"你要是看我这个人还行,就叫一声大哥好了……没事可以帮着做做饭!"他拍拍王振江的肩头,"做饭这活不错,薛仁贵当兵那回还当过伙头军呢!"说罢,他撇下王振江,独自向河滩走去。王振江疑惑地想:这个小老头,说话没头没脑的,真怪!

一天夜里,王振江睡得正香,忽听把头大声叫喊起来:"大伙快起来,都给我出去干活! 没听着山上的鸡叫吗?"王振江第一个穿上衣服到外面一听,可不是,四处的山上无数野鸡"咯咯"地叫成了一个点儿。"快抄家伙,谁也别耍死狗! 快! 一个金母鸡领着一窝鸡崽下山啦,快去抓呀!"淘金人爱把金块说成"金鸡",听把头这么一嚷,大伙一窝蜂似的钻出地窨子,借着月亮光,在河滩上掘出一个个大坑,把沙子从地下挖出来……在王振江眼里,把头一般是不干活的,可现在他却甩开了膀子,从坑里奋力地往外掘着沙子,一边干一边鼓动着:"大伙加把劲,过了时辰,一见天光,金鸡就跑了……"听说有金鸡,大伙的劲头特别高,到了中午,总共淘出三个"金鸡"和十多颗金豆,这还不包括那些含金量很高的沙子。

把头显得特别高兴,他招呼大家坐下,又向王振江招招手:"你是学究,过来给记记账!"王振江有心说自己不识字,无奈已经站起来了,只好走了过去。把头用戥子称着金块,大声地"唱"着重量,王振江用一支半截的铅笔记着数目。把头称完金子,拿着账本站了起来,郑重地把以前所有金子的数目一笔笔地重新念了一遍,然后摇晃着账本向众人道:"咱们大伙的金子,全在这,谁还有什么话?""老大,大伙的心里就跟明镜似的,没话说!"

"没话说? 那好,我说几句!"把头放下账本,脸色"刷"地一下就拉了下来,"上有天,下有地,天地良心! 今天,咱们在这山神爷的领地上讨碗饭吃,哪一个要是做了对不起良心的事,现在说出来,我呢,可以在山神爷面前替他揽过来!"说完,把头拿过一炷香,眼睛盯着众人,把香均匀地折成了三段。

在山里,各个行帮只有遇到重大的事情才敢上香请山神爷公断,这大树墩就是山神爷的正位,非同小可! 众人一下全都站了起来。把头划着洋火点着了三炷香,转过身去,恭恭敬敬地把香插在大树墩上的米碗内……夏日的骄阳灼热似火,一只夜枭从人们头上悄无声息地飞过,扑向幽暗的密林深处,几声松鸦的鸣叫,听起来令人毛骨悚然,不寒而栗。

米碗上的三炷香燃到了尽头……把头倒背双手,在两排人面前缓缓走过,鹰隼般犀利的目光透过每个人的眼睛,似乎看到了他们的心灵深处。他突然站定,背朝众人,面对着山上一排排苍劲挺拔的参天古木,发出一声断喝:“小三子,你给我站出来!”

几个人上前抓起了瘫在地上的小三子,从他裤腰带上搜出一块鹅蛋大小的金子,然后又小心翼翼地把金子放在大树墩上。

众人全都瞪大了眼睛,全场鸦雀无声……

把头连头也不回,宽大的肩头猛然耸动了一下:“送他走!”

按照山里的规矩,小三子被剥光衣服绑在山上的一棵大树上。那铺天盖地的毒蚊、瞎虻、刨锛儿,将无情地吞噬他的生命……

王振江行伍出身,曾亲眼看着亲人、战友死在日寇的屠刀之下,也曾把仇恨的枪弹射进小鬼子的头颅,把刺刀捅进卖国贼的胸膛,但他这次目睹的却是非同以往的现实:小三子竟是把头嫡亲的侄子!

……

一晃眼,王振江在淘金队里已经呆了大半年,他思念着战友,归心似箭。这一天吃过早饭,王振江正要去找把头辞行,刚出地窨子,却见把头远远走来,朗声叫住了他:“学究,你过来,我给别人做了件棉袄,他个子跟你差不多,劳你驾给试试!”把头看着王振江穿上棉袄,向后退了几步,像是欣赏一件杰作,呵呵笑道:“学究,棉袄这玩意儿拆也好拆,做也不难,就是絮棉花有学问。这个嘛,你以后会知道的!”

把头招着大手让王振江坐到了一块大青石上,两人默默地对视着。自从那天把头处置了他的亲侄子后,王振江一直怕看他那双眼睛,因为王振江分明看到把头那深沉的目光里藏着阵阵隐痛!

沉默了好久,把头首先开了口:"你想找我?你找我是不是想说惦念家里的老人?要不就是想回去耕地?"把头迎着王振江惊愕的眼神继续说道:"你以为我的眼睛只会识金子?其实,你一到这,我就知道你不是个普通百姓,拿锄头的手茧子长在这!再说,哪个庄稼佬会写那么漂亮的洋字码?我几次留住你,就是怕你被日本人看破,就凭你走路的样子,一看就是个……"把头说着,做了一个举手敬礼的动作。

王振江想不到把头早就看破了自己,他紧紧握住把头的两只手,心头一热,鼻子一酸,眼睛湿了,一肚子的话全凝结在喉头……

把头把系在裤腰带上的一个小布袋解了下来,递给了王振江,王振江接过来用手掂了掂,说:"大哥,金子这玩意儿对我来说确实没用,我连个家都没有……你给我留着好了,等以后打跑了小鬼子,如果我还活着,再来和你要!"把头被王振江的话感动了,感叹道:"我早就知道你不会要的。我这个人,也不懂什么这个党那个军的,就是看到你们钻在大林子里,把脑袋挂在裤腰带上和小鬼子干,作为中国人,我就是佩服你们这个骨气!我这辈子能有你这么个朋友,就是死了,也算值了!"

王振江注意到把头的眉宇间透着一股凛凛之气,心想,如果把头是军人,肯定会成为一名指挥千军万马的将军……

第二天,把头一直把王振江送到岭上。临分手时,他打开手中的包袱,把那件曾让王振江试穿过的新棉袄抖开,说:"把你身上的棉袄脱下来,换上这个。新旧不说,穿上它,不管什么时候也忘不了我这么个大哥!"王振江换上了新棉袄,和把头互道珍重,依依握别,走进了遮天蔽日的原始森林……

王振江没有找到部队,反被日伪军发现给抓了起来,接着便和许多被抓的老百姓一起押上了闷罐车,拉到别处做了劳工。

王振江当了几个月的劳工,眼看就过了清明,天气一天比一天热。一天中午,王振江脱下棉袄,想把里面的棉花掏出来,把它变成一件夹袄穿。他往外拽着拽着,手指触到了一个硬邦邦的东西,再一摸,便感到了它的重量,不用看就知道:那是一块金子! 他心里一热,四下看看没人注意,就把棉袄仔细地捏了一遍,找到了三块指肚大小的金子,还有十多颗金豆……

一天,两个伪军押着王振江等十多个劳工收工回来,王振江一步走出了队列:"报告老总,我要上茅厕!""他妈的,懒驴上套,不是屎就是尿!"一个伪军端着大枪,骂骂咧咧地跟着王振江来到了拐弯处的茅厕。

王振江没有进去,而是转过身子把一颗金豆递给了伪军:"老总,你看看这个!"伪军不知道是什么东西,漫不经心地接了过去……咦? 金子? 伪军似乎还有点不相信,放进嘴里用牙齿咬了一下,随后马上把金子放进了口袋,说:"什么事?""都是中国人,行个方便!"伪军想了想,一歪脑袋说:"那……还有一个弟兄呢?"

王振江摊开手掌,两块指肚大的金子展现在伪军面前,那伪军的眼睛立刻像豆包似的鼓了起来。伪军做梦也想不到天上竟会掉下金子来,他从王振江手里拿过金子,又朝他挥挥手,说:"你走,没事,这么多劳工,哪天还不死几个!"

王振江立刻横三竖四地穿过几个胡同,蹽开大步,沿着一条大道,不一会儿就不见了影儿……

全国解放以后,王振江曾去过当年淘金的地方,也曾多方打听过那位不知名姓的金把头,却始终不知他的下落。在梦中,王振江不止一次地见到过那位金把头,他那双容不得半点沙子的眼睛依然还是鹰隼般的犀利,和把头同时出现在梦境中的,还有一些隐隐约约、闪闪发光的东西,或许,那就是金子吧……

(任文波)

(题图:杨宏富)